BASTEI
LÜBBE

BASTEI LÜBBE

# JOHN SINCLAIR IM TASCHENBUCH-PROGRAMM:

73 200 Satanica
73 201 Shaos Totenwelt
73 202 Höllenstadt
73 203 Der Blut-Mythos
73 204 Das Engelsgrab
73 205 Nachtgespenster
73 206 Mister Mirakel
73 207 Willkommen im Totenhaus
73 208 Höllenbote Angel
73 209 Blutgesicht
73 210 Das Janus-Monster

GEISTERJÄGER

# JOHN SINCLAIR

Jason Dark

# Die Alptraum-Frau

Horror-Roman

BASTEI LÜBBE

BASTEI LÜBBE TASCHENBUCH
Band 73 211

Erste Auflage: November 1998


Lektorat: Joachim Honnef
Titelbild: Luis Royo / Norma Agency, Barcelona
Umschlaggestaltung: QuadroGrafik, Bensberg
Satz: Fotosatz Steckstor, Rösrath
Druck und Verarbeitung:
Clausen & Bosse, Leck
Printed in Germany
ISBN 3–404–73211-1

Der Preis dieses Bandes versteht sich einschließlich der gesetzlichen Mehrwertsteuer

Ross Calderon starrte in das Licht der Schreibtischleuchte, das ihm wie eine grelle Sonne vorkam. Es war für ihn der Blick in die Welt, in das Leben, aber er persönlich beschäftigte sich mental mit anderen Dingen.

Bei ihm ging es um den Tod!

Er konnte ihn sehen und fühlen, denn er brauchte nur den Blick zu wenden und den Revolver anzuschauen. Ein kurzes Ausstrecken der Hand reichte aus, um die Waffe an sich zu nehmen. Danach war alles leicht. Da reichte der Druck des Zeigefingers.

Tun oder nicht tun?

Er hatte lange gezögert und sich immer wieder intensiv mit dem letzten Schritt beschäftigt. Es gab keinen Ausweg mehr. Sein Leben war ruiniert und abgehakt. Zu viele Pleiten, zuviel Pech. Zudem die Schwierigkeiten in der Familie.

Selbstmord war der einzige Ausweg!

Calderon atmete tief durch. Das Einsaugen der Luft schmerzte. Er fluchte nicht einmal mehr darüber. Er wußte, daß er kaputt war. Innerlich mehr als äußerlich. In seinem Kopf war kein Platz mehr für die Vergangenheit. Er dachte nur an die Zukunft, allerdings an eine Zukunft, die für ihn sehr kurz sein würde, zumindest als lebender Mensch.

Was kam danach?

Oft genug hatte er sich diese Frage gestellt. Allerdings war ihm keine Zeit geblieben, sich mit den anderen Religionen und deren Aussagen zu beschäftigen. Dabei hätte er möglicherweise Hoffnung schöpfen können. Egal, ob es sich nun um das Christentum, den Buddhismus oder den Islam handelte.

Dazu war ihm immer die Zeit zu schade gewesen. Er hatte sich mit anderen Dingen beschäftigt. Mit dem Geldverdienen. Häuser und Grundstücke verkaufen. Makler sein. Großen Profit erwirtschaften. Projekte ins

Leben rufen. Geldgeber suchen. Alles mußte finanziert werden. Zuerst war es gut gelaufen. Er hatte satt verdient. Dann waren die Nackenschläge gekommen. Einbruch der Wirtschaft. Risiko der Wechselkurse. Die Leute verdienten weniger, damit sank auch die Bereitschaft, Kapital einzusetzen. Die Geschäfte liefen nicht gut. Calderon hatte Niederlagen hinnehmen müssen, und das nicht zu knapp.

Schulden, die Tag für Tag wuchsen und schließlich nicht mehr von ihm überblickt werden konnten. Er hatte ein finanzielles Loch mit einem anderen gestopft. So etwas konnte nicht gutgehen. Er war zahlungsunfähig geworden, und die Gläubiger saßen ihm auf den Fersen.

Sie hatten ihm eine Frist gesetzt. In genau zwei Stunden war diese Frist vorbei. Dann schlug die Uhr Mitternacht. Am nächsten Tag würden gesetzliche Maßnahmen gegen ihn unternommen werden.

Das bedeutete dann sein endgültiges Aus. Dann war es ihm auch nicht mehr möglich, sein privates Vermögen in Sicherheit zu bringen, das gut verteilt auf einigen Konten in verschiedenen Ländern lag.

Er schwitzte. Der Schweiß war wie Säure und brannte auf seiner Haut. Calderon senkte den Blick. Bis auf den Revolver war der Schreibtisch leer. Er hatte alle seine Papiere und Akten zur Seite geräumt, weil er sie in seinem Leben nicht mehr brauchte.

Die Platte war dunkel, glatt. Sie glänzte beinahe wie ein rechteckiger Spiegel. Sogar die Waffe warf ein Spiegelbild.

Calderon bewegte seine Hand. Sie kroch über den Schreibtisch hinweg. Dabei geriet sie in das Licht der Lampe und sah aus wie eine Totenklaue. Der Mann verzog die Lippen. Er lächelte nicht. Es war eine Geste der Anstrengung. Er berührte den Griff des Revolvers mit den Fingerspitzen. Das Holz war kalt geworden, aber seine Hand zuckte nicht zurück. Sekunden verstrichen. Das Büro war leer. Keine Geräusche drangen durch die geschlossene Tür und auch nicht von draußen her durch das Doppelglas der Fenster.

Eine Ruhe, wie sie auf der Erde unüblich war. Er würde bald eine andere kennenlernen. Mit der hier nicht zu vergleichen. Die Ruhe der Ewigkeit. Möglicherweise das absolute Nichts. Hineingleiten in diese Welt ohne Grenzen.

Ross Calderon krümmte die Finger. Der Druck war groß genug, um die Waffe zu sich heranschieben zu können. Sie glitt über den glatten Tisch hinweg. Er lauschte den Schleifgeräuschen, und er sah den Revolver scheinbar immer größer werden.

Kein Stöhnen mehr. Calderon war voll konzentriert. Der Revolver war die letzte Chance. Er hatte überlegt, daß es auch andere Möglichkeiten gab, aus dem Leben zu scheiden. Er hätte sich von einem Hochhaus in die Tiefe stürzen können. Er hätte sich erhängen oder vor die U-Bahn werfen können, das alles hatte er abgehakt.

Die Kugel war noch immer der beste, ehrlichste und auch würdigste Ausweg, denn ein Suizid durch eine Kugel hatte Geschichte. Er war nicht der erste, der sich auf diese Art und Weise umbringen würde. Ganz andere Menschen hatten zu dieser Methode gegriffen und waren in die Geschichte eingegangen.

Calderon zog den Revolver zu sich heran. Nahe der Schreibtischkante blieb er liegen. Es war ein .38er Smith & Wesson. Die Trommel war mit sechs Kugeln gefüllt.

Er hob ihn an.

Die Waffe war nie leicht gewesen. In diesem Augenblick aber kam sie ihm noch schwerer vor. Seine Hand knickte weg, doch der Revolver rutschte ihm nicht aus den Fingern.

Er lag auf seinem rechten Oberschenkel. Mit dem Stuhl war Calderon ein Stück zurückgefahren, da er mehr Platz haben wollte. Der Schreibtisch sollte ihn nicht stören.

Er atmete scharf aus. Plötzlich dachte er daran, was wohl seine Familie dazu sagen würde, besser gesagt, die ehemalige Familie, denn ein Leben mit Frau und Kindern zusammen führte er nicht mehr. Calderon war geschieden. Die beiden Kinder waren bei Janine geblieben, und er hatte so gut wie keinen Kontakt zu den dreien. Hin und wieder war es zu Begegnungen gekommen, doch sie waren immer nur flüchtig gewesen, kaum der Rede wert.

Er schaute auf die Waffe. Klobig sah sie aus und trotzdem irgendwie geschmeidig. Sich selbst bedauerte er nicht mehr. Alles war so anders geworden und auch einfach.

»Tja, das ist es dann wohl gewesen«, flüsterte er sich zu. »Manchmal hat man Glück, manchmal hat man Pech.« Er hatte eben in den letzten Jahren Pech gehabt und mußte die Konsequenzen daraus ziehen.

Die Waffe hielt er in der rechten Hand. Sehr langsam hob er seinen Arm an. Er schaute dabei auf den Revolver, der die Bewegung mitmachte. Er kam höher und höher. Calderon drehte ihn, damit er in die Mündung blicken konnte. Sie war kreisrund, sie war so tief und schien ins Unendliche hineinzutauchen.

Das Gesicht des Mannes war und blieb starr. Bis auf das Lächeln, das sich um seinen Mund herum eingekerbt hatte. Ein verlorenes Lächeln. Es zeugte davon, daß ihm der Selbstmord nicht leichtfiel. Niemand schied so leicht aus dem Leben. Und gerade Calderon hatte zu leben gewußt. Er hatte es genossen, in vollen Zügen, und er hatte nichts ausgelassen.

Noch einmal schloß er die Augen. Er wußte nicht, ob er sie auch schließen konnte oder würde, wenn er sich den Waffenlauf in den Mund geschoben hatte. Es war für ihn so etwas wie ein Test, doch ein Zurück gab es für ihn nicht.

Die Hand mit der Waffe wanderte höher. Calderon schaute sie an. Noch hielt er die Lippen geschlossen. Es änderte sich, als die Waffe die Hälfte der Strecke zurückgelegt hatte.

Er öffnete seinen Mund. Erinnerte an ein Baby, das bereit war, die Nahrung zu schlucken. Die Zungenspitze fuhr dabei über die trockenen Lippen hinweg.

Dann war es soweit.

Der Rand der Mündung berührte seine Unterlippe. Der Stahl war nicht einmal so kalt. Auch nicht warm. Er fühlte sich für Calderon irgendwie angenehm an.

Noch einmal holte er Luft.

Diesmal durch die Nase. Dabei lauschte er seinem eigenen Schnaufen. Der Mund blieb offen. Speichel sammelte sich und floß in der Mundhöhle zusammen.

Es war okay. Das kannte er vom Zahnarzt her. Nur war hier niemand, der den Speichel absaugte.

Er hatte Selbstmorde dieser Art oft genug in Kinofilmen gesehen. Man mußte die Mündung und damit auch den Lauf nur weit genug in den Mund hineinschieben und die Waffe dann etwas kanten. Damit die Kugel schräg in seinen Schädel rammen konnte.

Er tat es. Komisch kam er sich schon dabei vor. Es mochte auch daran liegen, daß er die Hand drehen mußte. Leicht einknicken. Er spürte dabei das Ziehen im Gelenk und streckte den Zeigefinger aus, um den Abzug zu finden.

Es war für ihn mehr als ungewohnt, die Waffe im Mund zu spüren. Er ekelte sich plötzlich davor. Seine Zunge leckte am Metall entlang und nahm den Geschmack von Öl oder Fett wahr.

Es war ihm egal. Das gehörte dazu. Calderon war n den letzten Minuten seines Lebens nur übersensibilisiert worden. Damit zurechtzukommen, fiel ihm schwer.

Endlich hatte der Finger den Abzug gefunden. Der Mann wunderte sich, daß alles so einfach war. Allerdings wußte er auch, daß es noch ein Hindernis gab.

Das Abdrücken!

Der ultimative und auch tödliche Kick. Nur war er im Vergleich zu dem, was ihm noch bevorstand, wenn er sich nicht umbrachte, harmlos. Es mußte sein. Kein Weg zurück.

Er schloß die Augen. Langsam diesmal. Wie jemand, der genußvoll von der Welt Abschied nimmt und sich die letzten Eindrücke so lange wie möglich erhalten will.

Die Zunge zuckte. Er schluckte noch einmal Speichel. Der ölige Geschmack blieb. Ihn würde er als letzte Erinnerung mit auf die lange Reise nehmen. Wieder atmete er scharf durch die Nase. Calderon atmete noch immer. Er ärgerte sich selbst darüber. Er hätte schon längst abdrücken können. Schließlich berührte sein Finger den Abzug.

Warum schieße ich denn nicht? dachte er. Ich habe mir alles überlegt. Es ist doch so einfach. In der Theorie. Ich habe es mir immer ausgemalt, und jetzt brauche ich nur abzudrücken.

Er wollte es tun.

Einfach so.

Er schloß die Augen.

Eine letzte Konzentration noch, die allerletzte in seinem verdammten Leben.

Den rechten Zeigefinger zurückbewegen. Der Knall würde folgen und was dann?

Da klopfte es!

Wie erwähnt, Calderons Sinne waren geschärft in diesem letzten Moment seines Lebens. Er hatte sich dieses Klopfen auch nicht eingebildet. Es war dagewesen. Ein hartes Pochen gegen die Bürotür, kein imaginäres Geräusch in seinem Kopf.

Ross Calderon saß auf seinem Stuhl wie eine Steinfigur. Der Finger lag noch immer am Abzug. Ein leichtes Zucken nur würde ausreichen, um die Kugel in seinen Kopf fahren zu lassen. Das tat er nicht. Er saß auf seinem Platz und war wie eingefroren.

Calderon lebte noch. Überdeutlich spürte er dieses Dasein. In seinem Kopf klopfte es, als wäre jemand dabei, ihm eine Botschaft zu übermitteln. Das Blut war hineingestiegen. Es erzeugte einen starken, hämmernden Druck, schon mit leichten Schmerzen verbunden.

Erneut klopfte es . . .

Wieder blieb Ross Calderon bewegungslos sitzen. Auch jetzt zuckte sein rechter Zeigefinger nicht und blieb in dieser erstarrten Haltung. Aber er kehrte wieder zurück ins Leben. Sein Gehirn begann zu arbeiten. Er fing an zu denken.

Das Haus war um diese Zeit leer. Der Nachtwächter hatte seine Runde hinter sich. Er würde erst wieder gegen ein Uhr morgens kommen. Es gab auch keine Reinmachefrauen, die sich um diese Zeit noch in den Büros herumtrieben. Auch keine Mitarbeiter, da hatte sich Calderon schon umgeschaut. Durch den Schuß sollte niemand aufgeschreckt werden. Er hatte die Tat völlig allein vollbringen wollen.

Wer also hatte geklopft?

Eine makabre Idee fuhr ihm durch den Kopf. Vielleicht war es der Tod gewesen, der mit seinen Knochenfingern gegen das Holz der Tür gehämmert hatte.

Ross Calderon merkte, daß dieses zweimalige Klopfen nicht ohne Wirkung auf ihn geblieben war. Er tat etwas, was er nie vorgehabt hatte. Zumindest nicht in den letzten Minuten.

Er zog die Waffe wieder zurück.

Sehr langsam. In der gleichen Geschwindigkeit, mit der er sie in den Mund geschoben hatte. Der Lauf glitt dabei über seine Unterlippe hinweg. Es war alles okay, so natürlich. Klebriger Speichel zog noch einen Faden hinter sich her, dann hatte auch das Loch der Mündung den Mund endlich verlassen.

Ross Calderon hustete. In seiner Kehle spürte er ein Kratzen. Er starrte über den Schreibtisch hinweg. Sein Blick fiel genau auf die dunkle Bürotür, an der es geklopft hatte.

Wer war es?

Ein drittes Klopfen erklang nicht. Auch wenn Calderon keine Antwort gegeben hatte, so nahm sich der Ankömmling das Recht, die Tür einfach zu öffnen.

Sie schwang lautlos auf und schabte auch nicht über den beigefarbenen Teppich hinweg. Hinter der Tür lag das Vorzimmer, in dem tagsüber die beiden Sekretärinnen saßen. Dort brannte kein Licht mehr. Die einzige Beleuchtung bestand aus der Schreibtischlampe, die ihre Helligkeit verteilte.

Noch war die Person nicht zu sehen, weil sie sich im anderen Raum aufhielt. Ein Schattenriß malte sich ab. Er bewegte sich. Der Ankömmling kam näher. Er erreichte die Schwelle, ging darüber hinweg und betrat Ross Calderons Büro.

Schlagartig sank die Hand mit der Waffe nach unten und blieb auf dem Oberschenkel liegen. Calderons Mund blieb offen. Diesmal allerdings vor Staunen, denn der nächtliche Gast war eine Frau ...

Und was für eine!

Ross Calderon mußte schlucken, als er sie sah. Sie trug ein helles Kleid, das bis über die Waden hinweg reichte. Am Rücken war eine Kapuze eingearbeitet, deren Stoff locker auf die Schulter fiel. Die Knöpfe waren nicht alle geschlossen, und so verschob sich der Stoff bei jeder Bewegung und gab einiges an Haut frei.

Die Frau war für ihn wie ein Abschiedsgeschenk oder ein neuer Anfang. Er wußte es selbst nicht und war zudem unfähig, sich darüber normale Gedanken zu machen.

Ein schmales, hübsches Gesicht. Ein runder Mund mit perfekt geformten Lippen. Große, beinahe staunende Augen, eine kleine Nase und eine Haarflut, die sich wild und lockig auf dem Kopf verteilte. Die Farbe sah manchmal aus wie grausilbriges Lametta, das an verschiedenen Stellen schimmerte, wenn Lichtstrahlen darauf fielen.

Ross Calderon kannte die Frau nicht, die jetzt mit weichen, federnden Schritten auf ihn zukam. Für ihn war sie etwas absolut Neues und zugleich eine Person, die seinen Willen, vom Leben in den Tod zu gehen, besiegt hatte.

Die Frau war schlank, ihre Hände mit den langen Fingern hingen locker herab. Sie hatte eine recht helle Haut, und ihre Pupillen waren ebenfalls außergewöhnlich. Sie blickten so klar wie Gletscherwasser, da war kaum ein Unterschied zwischen den Pupillen und der normalen Umgebung zu sehen.

Vor dem Schreibtisch blieb sie stehen und neigte den Kopf etwas vor. Sie lächelte jetzt. Ihr Blick war dabei auf Ross Calderon gerichtet, der ihm nicht auswich, aber zugleich auch nicht in der Lage war, ein Wort zu sagen, geschweige denn, eine Frage zu stellen. Das war bei ihm nicht mehr möglich.

Die Waffe in seiner rechen Hand war ihm schwer

geworden. Er schämte sich plötzlich, sie noch immer zu halten, und hätte sie am liebsten weggeworfen. Das wiederum brachte er auch nicht fertig. So blieb sie zusammen mit der Hand auf dem Oberschenkel liegen, wobei Calderon hoffte, daß sie von der Frau nicht gesehen worden war, weil die Schreibtischplatte die Sicht darauf verdeckte.

Fragen stürmten durch Calderons Kopf. Aber er war nicht in der Lage, auch nur eine zu stellen. Er wartete darauf, daß seine ihm unheimlich vorkommende Besucherin etwas sagte und wurde in dieser Hinsicht nicht enttäuscht.

»Du hast dich umbringen wollen?«

Ross Calderon lauschte dem Klang der Stimme. Sie gehörte einer Frau, das stand zweifelsfrei fest. Zugleich aber hatte sie etwas Besonderes an sich, das für Ross völlig neu war. Einen singenden Tonfall, ein leichtes Zittern und Vibrieren, als hätte kein Mensch gesprochen, sondern ein fernes Wesen.

Er kam damit nicht zurecht und schüttelte leicht den Kopf.

»Warum hast du es tun wollen?«

Calderon hatte genau zugehört. Er hätte ihr jetzt tausend Gründe nennen können, war jedoch nicht in der Lage dazu. Er glaubte, einen Kloß in der Kehle zu haben, der erst wegmußte, damit er überhaupt sprechen konnte. Deshalb schüttelte er nur den Kopf, aber auch das war nicht mehr als ein Ansatz.

»Man wirft sein Leben nicht so einfach weg. Dazu ist es zu kostbar. Du wolltest aus dem Diesseits ins Jenseits hinüberwechseln, und dabei hast du nicht daran gedacht, daß es noch andere Welten gibt als nur diese beiden. Du bist nicht schlau gewesen. Du hättest dich besser informieren sollen, Ross.«

Sie kennt meinen Namen! dachte Calderon. Sie weiß alles über mich. Klar, sie hat auch viel wissen müssen, sonst wäre sie ja nicht zu mir ins Büro gekommen. Und sie hat gewußt, daß ich mir das Leben nehmen wollte, obgleich ich mit keinem anderen Menschen darüber gesprochen habe.

Dieser Gedanke bereitete ihm Unbehagen, das sich allmählich zu einer tiefen Furcht verdichtete. Er fragte sich, wie diese namenlose Person überhaupt in der Lage war, so etwas zu wissen. Das war schon unnatürlich und übermenschlich.

Übermenschlich . . .?

An diesem letzten Wort war er hängengeblieben. Er konnte sich das Erscheinen dieser Frau nicht rational erklären. Zwar war er nie jemand gewesen, der sich mit der Welt jenseits des Sicht- und Faßbaren beschäftigt hatte; er hatte auch nie an Geister oder ähnliche Wesen geglaubt, wobei er auch die Engel, die in letzter Zeit so Mode geworden waren, mit dazu zählte.

In dieser Nacht kam ihm die Besucherin vor wie kein normaler Mensch, obwohl sie so aussah.

»Ich . . . ich . . . sah keine Chance . . .« Plötzlich konnte er sprechen. Calderon begleitete die Worte noch mit einer Bewegung, denn er hob den rechten Arm wieder an und legte die Waffe auf den Schreibtisch.

»Das gibt es nicht.«

»Doch!« stieß Calderon hervor und nickte dabei. »Für mich schon. Bei mir ist alles kaputt gewesen. Durcheinander. Ich befand mich im senkrechten Fall. Es ist alles vorbei. Ich habe es nicht mehr gekonnt. Ich hatte Fehler gemacht, und mein Leben ist völlig aus der Bahn gerissen und zerstört worden.«

»Es gibt immer Auswege!« flüsterte die Fremde ihm zu.

»Wie denn? Wen denn?«

Sie lächelte ihn an. »Mich, zum Beispiel.«

Calderon hatte sie sehr gut verstanden. Er konnte

sich nicht verhört haben, doch er konnte und wollte ihr nicht glauben. Es war alles so anders bei ihm. Er hatte das Gefühl, durch diesen Besuch in ein neues Leben hineingedrängt worden zu sein, und genau diese Frau hatte ihm die Tür zu diesem Leben geöffnet.

»Das verstehe ich nicht«, gab er zu. »Nimm es mir nicht übel. Möglicherweise bin ich zu dumm, aber . . .«

»Nein, du bist nicht zu dumm. Du hast es nur versäumt, den richtigen Weg einzuschlagen.«

»Aha«, sagte er leise. »Und diesen . . . ähm . . . diesen Weg, den kennst du?«

»So ist es.«

Ross Calderon mußte erst nachdenken. Er kam mit der Frau nicht zurecht. Sie wußte viel über ihn, aber er wußte über sie gar nichts. Und sie hatte es geschafft, die Regie zu übernehmen. Er war plötzlich zu einem Opfer geworden.

»Den richtigen Weg einschlagen?« wiederholte er mit leiser Stimme. »Was bedeutet das?«

»Ich werde es dir zeigen.«

Er hatte vorgehabt, zu lachen, doch das schaffte er nicht. Ross Calderon wußte nicht, wie er reagieren sollte. Er befand sich inmitten eines Taumels von Gefühlen, den er aus eigener Kraft nicht verlassen konnte.

»Warum überlegst du?«

Ross hob die Schultern und flüsterte fragend: »Tja, warum überlege ich? Ich kann es dir sagen. Ich kenne dich nicht. Ich weiß nicht, wer du bist. Nicht einmal deinen Namen habe ich erfahren. Du weißt meinen, ich deinen . . .«

Sie ließ ihn nicht ausreden. »Mein Name ist Urania . . .«

Calderon schluckte. »Wie bitte? Urania?«

»Ja, du hast richtig gehört.«

Er schüttelte den Kopf. »Aber das kann nicht sein. Was ist das für ein Name?«

»Ich mag ihn.«

»K ... kann ja sein. Das glaube ich dir auch. Nur habe ich ihn noch nie gehört. Er scheint auf dieser Welt wohl einmalig zu sein, denke ich mir.«

»Ich halte nichts von dieser Welt!« erklärte sie. »Ich denke nicht in diesen Grenzen. Für mich existieren noch andere Dinge. Die Welt ist mir zu klein.«

Calderon schaute sie an. Er holte dabei ein Tuch aus der Innentasche seines Jacketts. Die Luft im Raum war so schwer geworden. Er schwitzte. Der Schweiß malte sich auf seinem Gesicht ab. Er tupfte seine Oberlippe trocken und dachte über die Worte nach, deren Sinn er nicht verstand.

Urania schien seine Gedanken zu ahnen, denn sie sagte: »Du mußt mir vertrauen.«

»Kann ich das?«

»Eine Gegenfrage, Ross, Bleibt dir etwas anderes übrig? In deiner Situation?«

»Nein ... ja, ich weiß nicht.« Er sprach hektisch, weil er noch nicht in der Lage war, seine Gedanken zu ordnen. Die letzten Minuten hatten alles auf den Kopf gestellt. Er kam mit dem Besuch dieser Person einfach nicht zurecht. Er wußte auch jetzt nicht, da er ihren Namen kannte, wie er sie einzustufen hatte.

»Es ist die allerletzte Chance, die ich dir gebe. Ansonsten bist du fertig.«

Genau das war es, was ihn störte. Ansonsten bin ich fertig! schoß es ihm durch den Kopf. Sie hatte recht. Sie hatte ja so verdammt recht. Sie wußte genau Bescheid, denn sie hatte sich über ihn sehr ausführlich informiert. Alles war durcheinander gelaufen bei ihm, und jetzt kam jemand und versuchte, auf seine Art und Weise Ordnung in sein Leben zu bringen.

»Du mußt dich entscheiden!« sagte sie.

»Wozu?«

»Tod oder Leben.«

»Was ist, wenn ich ablehne?«

»Dann gehe ich und lasse dich mit deinen Problemen allein. Dann wirst du wieder über dein Schicksal nachdenken und es ebenso wie dich selbst verfluchen. Ich kenne die Regeln in diesem Spiel. Ich nehme dir den Revolver nicht weg, aber dir wird wieder einfallen, was alles schiefgelaufen ist, und du wirst bestimmt die Konsequenzen daraus ziehen und dich selbst umbringen.«

»Das weißt du so genau?«

»Ja, das weiß ich.«

Er setzte sich aufrecht hin. »Wer hat dich geschickt? Wer hat dir gesagt, daß ich mich heute umbringen will?«

»Niemand!«

Das konnte Calderon nicht akzeptieren. »Doch, es muß jemand anderer gewesen sein. Wie sonst hättest du hier erscheinen können, um mich vor einem Selbstmord zu bewahren? Wer gab dir den Auftrag?« Er zählte einige Namen auf, die Urania mit einem Kopfschütteln kommentierte. Nie stimmte sie ihm zu.

»Verdammt noch mal ...«

»Denk nicht mehr an das Vergangene. Schau nach vorn. Da bin ich. Und ich werde dir helfen. Ich werde dir Wege zeigen, an die du nicht einmal zu denken wagst. Sie sind außergewöhnlich und haben auch nichts mit der Normalität zu tun, an die du denkst.«

»Ja, ja!« Calderon stöhnte auf und beugte seinen Oberkörper vor. »Aber ich kann dir nicht glauben. Dein Erscheinen hier widerspricht jeglicher Logik.«

»Darum muß ich mich nicht kümmern.«

»Du stehst über den Dingen?«

»Genau!«

»Bist du ein Gott? Eine Göttin?«

»Nein, das nicht. Ich bin nur jemand, der andere Menschen retten und vor einer großen Dummheit bewahren will.«

Ross Calderon stöhnte auf. Er hatte auf jede seiner Fragen eine Antwort erhalten, aber er brachte sie für sich selbst nicht unter. Er kam damit nicht zurecht. Die Dinge liefen einfach nicht mehr geradeaus. Jetzt huschten sie kreuz und quer durcheinander, und er war nicht in der Lage, sie zu begreifen.

»Du mußt dich jetzt entscheiden, Ross. Willst du bei mir bleiben oder nicht?«

»Was heißt denn bei dir bleiben?«

»Mit mir den Weg gehen.«

Er lachte sie scharf an. »Was glaubst du, was meine Gläubiger dazu sagen werden? Die finden mich überall, verstehst du? Ich weiß, daß ich verhaftet werden soll ...«

»Ist das denn schlimm?«

»Für mich schon. Ich will nicht in einem Knast hocken und verschlossene Türen anstarren. Ich will leben! Jetzt will ich leben! Aber für eine Flucht ist es zu spät.«

»Bei mir nicht, komm zu mir.«

»Und dann?«

»Werden wir mit den Menschen spielen. Du wirst erleben, welche Macht du über sie haben wirst.«

Er winkte ab. »Das habe ich schon einmal gedacht. Es ist auch einige Jahre gutgegangen, danach nicht mehr.«

»Du denkst falsch.«

»Ach – und wieso?«

»Du darfst bei mir nicht mehr in Jahren denken, sondern in Äonen. Es gibt keine Jahre mehr, nur noch Zeiträume, in denen die normalen Grenzen keine Rolle mehr spielen.«

Calderon hatte zugehört. Er hatte jedes Wort verstanden. Es war alles richtig, was ihm die Frau gesagt hatte. Trotzdem kam er damit nicht zurecht. Ihm fehlte dabei die Logik. Auf der anderen Seite fragte er sich, was er zu verlieren hatte. Nichts, gar nichts. Er hatte die Brücken zu seinem normalen Leben abgebrochen. Er dachte auch nicht mehr daran, sich selbst umzubringen. Ihm waren durch den Besuch der Frau völlig neue Perspektiven eröffnet worden. Vor ihm lag eventuell ein neues Leben, auch ein anderes, eines, das durchaus spannend werden konnte. Trotzdem hatte er Fragen.

»Was passiert mit mir, wenn ich mich mit dir einlasse?«

Urania stand noch immer vor dem Schreibtisch und lächelte. »Es wird dir etwas passieren, das kann ich dir versprechen. Es wird dir aber auch gutgehen. Besser als jetzt. Und auch besser als zuvor. Dein Leben wird in völlig neuen Bahnen verlaufen. Du wirst etwas anderes kennenlernen, das kann ich dir versprechen, und ich bitte dich auch, mir Vertrauen zu schenken. Ich bin deine einzige Chance!«

Ross Calderon überlegte. Er schaute sie an. Er tastete ihren Körper mit seinen Blicken ab. Er versuchte, hinter der glatten Fassade zu lesen, wie jemand, der Gedanken und Pläne orten wollte. Es war ihm nicht möglich, denn ihr Gesicht blieb unbewegt. Eine bleiche und maskenhaft starre Haut.

Calderon ballte die Hände zu Fäusten. Er preßte seine Lippen zusammen. Noch immer wollte ihm nicht in den Kopf, was ihm diese Frau gesagt hatte.

Er schielte auf den Revolver. Ein Griff, eine Drehung, einmal abdrücken, und alles war vorbei.

Urania hatte gemerkt, was ihn quälte. »Tu es«, sagte sie. »Nimm die Waffe und erschieß dich!«

Calderon streckte die Hand aus. Er rollte noch näher an den Schreibtisch heran. Legte seine Hand auf die Waffe und schob sie so weit über den Schreibtisch hinweg, daß sie an der anderen Seite über die Kante rutschte und dort auf den Teppich fiel.

Schweigen!

Die Stille lag zwischen ihnen wie eine Mauer. Aber Urania nickte, bevor sie sprach. »Ich sehe, daß du dich entschieden hast. Du willst meinen Weg gehen.«

Calderon hob die Schultern. »Bleibt mir denn etwas anderes übrig?« flüsterte er.

»Du hast es in der Hand.«

»Dann bleibe ich bei dir!«

»Gut!« Sie lächelte, und plötzlich lag ein seltsames Leuchten in ihren Augen. »Dann heiße ich dich bei mir willkommen. Willkommen bei denen, die nichts mehr zu verlieren haben.«

»Ach. Gibt es mehr von meiner Sorte?«

»Ich denke schon.«

»Und was passiert jetzt?«

Urania trat zurück. Zum erstenmal seit langer Zeit bewegte sie sich. Sie streckte ihm dabei die Hände entgegen und winkte mit den Fingern. »Ich möchte dich bitten, dich zu erheben.«

»Warum?«

»Bitte!« forderte sie.

Ross Calderon stand auf. Mühsam, und das war nicht gespielt. Er wußte, daß ihm etwas bevorstand, überlegte auch, was es sein konnte, doch er kam auf keine Lösung.

Die Arme winkelte er an und drückte sie hart auf die Lehnen seines Stuhls. Nie hätte er gedacht, daß er noch einmal die Gelegenheit haben würde, auf den eigenen Füßen zu stehen.

Aber sein Gedanke an Suizid war vergessen, er lag hinter ihm, schon weit, weit weg, und der Wunsch, sich selbst umzubringen, würde auch nicht mehr zurückkehren.

Zwischen Sessel und Schreibtisch blieb er stehen. Starr wie eine Statue, trotzdem zitternd.

Urania betrachtete ihn prüfend. Sie nickte sogar und deutete ihr Einverständnis an. »Du bist größer als ich gedacht habe«, gab sie zu, »aber das macht nichts.«

»Warum hätte das etwas machen sollen?«

»Das werde ich dir gleich sagen.« Sie winkte ihm mit beiden Händen zu. »Tu mir einen Gefallen und komm her!«

Ross Calderon war überrascht. »Wie . . . wie . . . hast du das denn gemeint mit dem Herkommen?«

»Zu mir, bitte.«

Er blieb noch stehen. »Okay, gesetzt den Fall, ich tue es. Was geschieht dann? Du hast doch etwas mit mir vor.«

Sie nickte. »Das habe ich in der Tat, mein Lieber. Es ist der nächste Schritt in deine neue Existenz.«

Calderon bewegte seine Augenbrauen. Der Analytiker in ihm stieg wieder hoch. Er hatte jedes Problem, jede Innovation früher zu durchdenken versucht, um Vor- und Nachteile gegeneinander abzuwägen. Auch jetzt drängte es ihn danach, doch er mußte sich auch eingestehen, in seinem Büro nicht mehr der eigene Herr zu sein. Hier hatte diese Urania die Kontrolle übernommen.

So gehorchte Ross wie ein kleines Kind, als er an der Seite seines Schreibtisches entlangging, die Ecke erreichte und sah, daß ihn Urania erwartete.

Auch sie war zurückgetreten. Stand in der Mitte des Büros, weit vor den Besuchersesseln, hatte den Kopf leicht schräg gelegt und lächelte ihm zu wie eine Mutter ihrem Kind. Dabei hielt sie die Hände ausgestreckt, als wollte sie damit andeuten: Komm in meine Arme.

Er ging auf sie zu. Es war nur eine kurze Strecke.

Lächerlich – und trotzdem ging Calderon langsam. Er setzte die Schritte zögerlich, denn plötzlich überfiel ihn der Gedanke, vom Regen in die Traufe geraten zu sein.

Etwas stimmte nicht an Urania.

War es ihre Haltung? War es ihr Lächeln? War es der Ausdruck in den Augen? Sie gab sich wie ein Engel, aber auch Engel konnten gefährlich sein. Besonders die schönen, engelhaften Frauen, hinter deren Fassade oft das Gegenteil lauerte.

Er hatte über Urania nachgedacht und tat es jetzt auch noch. Sie war ein Mensch, zudem sah sie so aus. Trotzdem glaubte er, daß etwas anderes hinter ihr steckte. Hinter dieser Fassade lauerte die wahre Person mit dem wahren Gesicht.

So sehr sich Calderon auch anstrengte, er kam zu keinem Ergebnis. Alles war zu verschwommen. Sie hatte ihm viel erzählt und letztendlich nichts gesagt. Nur sein Vertrauen hatte sie haben wollen, und das wurde ihr nun gegeben.

Seltsam diese Augen. So klar. Ohne Pupillen. Einfach nur diese ungewöhnliche Glätte wie sauberes Wasser, das zu Eis geworden war. Derartige Augen hatte er bei einem Menschen noch nie gesehen, und deshalb fiel es ihm auch schwer, bei ihrem Anblick an einen normalen Menschen zu glauben. Auch ihr ganzes Reden hatte dies nicht eben untermauert.

Sie breitete die gestreckten Arme noch etwas aus, um Ross mehr Platz zu schaffen. Urania wollte, daß sie umarmt wurde, und sie wollte auch, daß er sie umarmte.

Beide standen sich gegenüber. Noch berührten sie sich nicht. Ross war sehr nahe an die Frau herangekommen, so nahe, daß er ihren Geruch wahrnehmen konnte.

Der Geruch störte ihn. Er war so anders. Er war so

wenig normal oder menschlich. Er drang in seine Nase hinein wie etwas Fremdes. Konnte Kälte einen Geruch haben? So kam es ihm vor.

Ein kalter Geruch. Allerdings von einer Kälte abgegeben, die er selbst im tiefsten Winter noch nicht erlebt hatte.

Diese Kälte war anders. So eine fand man nur selten auf dieser Welt. Zumindest nicht in den mitteleuropäischen Breiten. So vergrößerte sie das Rätsel um Urania noch.

Er schüttelte sich.

»Was hast du? Furcht?«

»Ich weiß es nicht. Du bist so kalt. Ich kann es nicht genau beschreiben ...«

Urania verzog die Lippen zu einem breiten Lächeln. »Es ist genau die Kälte, aus der wir alle entstanden sind«, erklärte sie orakelhaft.

Ross Calderon hatte sie nicht begriffen. Er traute sich nicht, nachzufragen. Aus Furcht, sich lächerlich zu machen. Zudem bewegte Urania die Arme aufeinander zu.

Da Ross noch in der Lücke stand, wurde er von ihnen umschlungen. Es war ein zärtlicher und harter Griff zugleich. Er spürte ihren Körper, der sich gegen seinen preßte. Urania bewegte sich, sie drehte sich an ihm, als wäre sie dabei, ein erotisches Vorspiel zu beginnen, was Ross in seiner Lage kaum begriff, wenn er daran dachte, daß er kurz zuvor noch vor einem Selbstmord gestanden hatte.

Alles war jetzt anders. Er reagierte automatisch und schloß auch seine Arme um ihren Rücken.

»So ist es gut«, flüsterte sie ihm zu. »So ist es wunderbar.« Ihre Stimme hatte einen rauhen oder sogar leicht verruchten Klang bekommen, der den Mann noch stärker irritierte.

Mit sich selbst und der Situation kam er nicht mehr

zurecht. Calderon hatte jetzt einen Punkt erreicht, bei dem er sich der anderen Person völlig hingab.

Und so bewegte er auch seine Hände über ihren Rücken. Er machte es ihr nach. Er spürte den Stoff des Kleides unter seinen Händen, wie er sich zusammendrückte, wie er in die Lücken seiner Finger hineinglitt, und er merkte auch den Gegendruck des Körpers. Die Weichheit der Haut, die selbst der Stoff nicht ändern konnte.

Weiche Haut?

Ja, aber ...

Seine Gedanken stockten. Er bewegte auch die Hände nicht mehr und wurde innerhalb der Umarmung steif. Etwas störte ihn schrecklich und paßte einfach nicht zu dem, was er noch kurz zuvor erlebt hatte. Alles war ihm so fremd geworden. Diese Veränderung konnte er sich nicht erklären, was Urania allerdings nichts ausmachte. Sie bewegte sich nach wie vor an und bei ihm. Sie preßte sich gegen seinen Körper. Sie rollte und kreiste mit dem Becken, und aus ihrem geöffneten Mund drangen immer wieder diese stöhnenden Laute.

Sie war scharf, geil! Sie wollte ihn und versuchte auch, ihre Hände zwischen die beiden Körper zu schieben, um sie an Calderons Bauch herab nach unten wandern zu lassen.

Automatisch drückte auch er seine Hände gegen ihren Rücken, wo sich der Stoff und die Haut bewegten.

Haut?

Nein, um Himmels willen. Das war keine Haut mehr. Die Hände konnten den Stoff plötzlich hineindrücken, in den Leib hinein und in die Lücken, die sich zwischen den harten Knochen aufgetan hatten.

Knochen!

Ein Gerippe!

Ross Calderon hätte schreien können. Er tat es nicht und hielt sich zurück.

Er konnte das Gesicht der Frau nicht sehen. Das war für ihn auch nicht nötig, denn er wußte so Bescheid.

Er umarmte keine Frau mehr, sondern ein unter dem Stoff verborgenes Skelett . . .

Es gab noch jemanden, der in dieser Nacht noch nicht im Bett lag und schlief. Das war ich, und es ging mir nicht besonders, weil ich einfach zu viel gegessen und auch etwas getrunken hatte. Freiwillig-unfreiwillig, wie man so schön sagt, denn ich war auf einer Abschiedsfeier gewesen. Ein Kollege wurde versetzt in den Innendienst. Seine neue Aufgabe lag im Ministerium, und er war durch diese Versetzung die Treppe ein Stück hinaufgefallen.

Ich gönnte es ihm, und ich hatte mir selbst einige dieser italienischen und so leckeren Häppchen gegönnt. Dazu hatte ich Rotwein getrunken. Ein oder zwei Gläser mehr, als mir gutgetan hätte, und so war eine entsprechende Bettschwere entstanden, die mich trotzdem keinen Schlaf finden ließ. Ich hatte das Gefühl, mein Bauch wäre um das Doppelte angeschwollen.

Ich hatte schon gelegen, war aber wieder aufgestanden und durch meine Wohnung getigert. Aus dem Kühlschrank hatte ich mir die Flasche Mineralwasser geholt, ein Glas leergetrunken, und danach hatte ich so richtig satt aufstoßen können.

Das Wasser zu trinken, war die ideale Hilfe gewesen. Mein Magen fühlte sich befreit, und überhaupt ging es mir besser, so daß ich mich wieder in mein Bett legte.

An Schlaf war wieder nicht zu denken. Ich lag da,

ich wälzte mich, es gingen mir zahlreiche Gedanken durch den Kopf und der Abschiedsabend lief vor meinem geistigen Auge noch einmal ab.

Normalerweise passierte mir das nicht. Ich wunderte mich über mich selbst und schob die innerliche Unruhe nicht allein auf diese Feier zurück. Da mußte noch etwas anderes sein, das mich einfach nicht in den Schlaf kommen ließ.

Aber was?

Ich hatte das Gefühl, als wollte jemand anrufen. Oder mich besuchen? Der Gedanke verdichtete sich immer mehr. Es war so etwas wie eine Ahnung, die sich im Laufe der nächsten Minuten tatsächlich bewahrheitete.

Ich blieb auch nicht mehr liegen, sondern setzte mich hin. Dem Magen ging es jetzt besser, ich war auch wieder klarer im Kopf geworden. Ich hatte demnach doch nicht soviel Rotwein getrunken.

Ich wartete.

Über so etwas konnte ich selbst lachen, denn mir war nicht klar, worauf ich wartete. Ich ging nur nach meinem Gefühl. Es kam mir vor, als hielte sich jemand in der Nähe auf, der sich aber noch nicht traute, sich mir zu zeigen.

Aber er würde kommen, das stand fest. Einen sechsten Sinn besaß ich nicht, nur ein Gespür für Veränderungen. Zudem wußte ich aus Erfahrung, daß geheimnisvolle und unerwartete Besuche nicht eben selten waren. So hatten mich schon Wesen kontaktiert, die man in keiner Weise als Menschen bezeichnen konnte.

Das Bett kam mir vor wie ein zu heißes Feuer. Deshalb verließ ich es auch. Ich blieb für eine Weile daneben stehen und überlegte tatsächlich, ob ich mich anziehen sollte oder nicht. Ich kontrollierte auch mein Kreuz, ob es sich erwärmt hatte. Leider oder glücklicherweise war das nicht der Fall. Als komisch und ungewöhnlich stufte ich meine Unruhe schon ein.

Ich nahm den Bademantel mit, schlang ihn um meinen Körper, knotete ihn zu und betrat das Wohnzimmer. Hier machte ich erst einmal Licht, dimmte es aber ab. Keiner war da. Nichts hatte sich verändert. Ich hätte normalerweise beruhigt sein können und war es verdammt noch mal nicht. Es würde etwas passieren, da bahnten sich gewisse Dinge an. Diese Überzeugung stieg immer deutlicher in mir hoch.

Dann schellte es!

Ein knapper Anschlag der Türklingel nur und nicht mehr. Gerade so, daß man es hören konnte.

Suko war es bestimmt nicht. Ich nahm das Klingeln auch nicht als einen Alarm hin, aber ich war schon sehr vorsichtig, als ich mich der Wohnungstür näherte.

In Augenhöhe hatte sie ein Guckloch. Sehr klein nur, und ich dachte daran, daß ein Guckloch auch gefährlich sein konnte. Es war manchmal zu einer tödlichen Falle geworden, wenn jemand an der anderen Seite der Tür stand und die Mündung einer Waffe gegen das Glas preßte, um dem Wohnungsinhaber ein Auge auszuschießen.

Komischerweise dachte ich daran nicht. Es war alles okay, und ich konnte die Dinge locker nehmen.

Ein Blick reichte mir!

Mein Herz stand nicht still, aber überrascht war ich schon. So gar mehr als das, denn mit dem Erscheinen dieser Person hatte ich beim besten Willen nicht gerechnet.

Ich schaute in das Gesicht einer Frau. Dunkle Haare umrahmten die fein geschnittenen Züge. Der naturrote Mund war zu einem Lächeln verzogen, als wüßte die Person genau, daß sie unter einer kurzen Beobachtung stand.

Ich öffnete die Tür.

»Hallo, John!«

»Hi, Kara!«

Ja, sie war es tatsächlich. Kara, die Schöne aus dem Totenreich. Die Frau, die schon in Atlantis gelebt hatte und jetzt zusammen mit Myxin, dem Magier, dem Eisernen Engel und dessen blinder Partnerin Sedonis bei den Flammenden Steinen lebte, einem Gebiet, das für menschliche Augen nicht sichtbar war, weil es unter einem magischen Schutzschild lag, aber sich trotzdem mitten in dieser Welt befand.

Kara lächelte mich an. »Darf ich hereinkommen, John?«

»Klar, natürlich, komm. Blöd von mir. Ich bin einfach zu überrascht gewesen, denn mit dir hätte ich nicht gerechnet. Bist du allein? Oder hast du Myxin und ...«

»Nein, ich bin allein gekommen.«

»Bitte.« Ich gab den Weg frei.

Kara ging an mir vorbei. Wie immer trug sie ein langes Kleid. Der graubraune Stoff wirkte wie der einer Kutte. Sie trug zudem das Schwert mit der goldenen Klinge bei sich, das ein Erbe ihres in Atlantis verstorbenen Vaters Delios war. Er wiederum war ein weißer Magier gewesen und hatte mit aller Macht versucht, den Mächten der Dunkelheit zu trotzen, was ihm letztendlich nicht gelungen war, denn Atlantis war versunken. Dabei hatten auch die mächtigen Dämonen wie der Schwarze Tod mitgewirkt.

Kara hatte dank des Tranks des Vergessens überlebt und war nach 10.000 Jahren wieder aus ihrer Sphäre zurückgekehrt in eine für sie normale Welt, zu den *flaming stones*.

Sie schaute sich um, und ich registrierte es mit einem breiten Lächeln. »Du bist lange nicht mehr hier gewesen.«

»Stimmt.«
»Verändert hat sich nichts.«
»Ich weiß. Aber bei dir hat sich einiges getan.«
Ich winkte ab. »Laß die Vergangenheit ruhen, Kara. Ich denke mir, daß du nicht ihretwegen gekommen bist.«
»Stimmt genau.«
Ich ließ sie zunächst in Ruhe. Sie nahm in einem Sessel Platz und schlug die Beine übereinander. Das Schwert störte sie dabei nicht. »Ich wollte nicht einfach so bei dir erscheinen«, erklärte sie mir. »Du hättest dich wahrscheinlich zu sehr erschreckt.«
»Ich bin Kummer gewöhnt, da macht mir eine Materialisation auch nichts aus. Kann ich sonst etwas für dich tun? Möchtest du einen Schluck Wasser oder ...«
»Weder das eine noch das andere, John. Ich bin gekommen, weil ich möchte, daß du mir zuhören sollst.«
»Gern.«
»Mein Besuch wird dir ungewöhnlich vorkommen, was er auch ist, aber er hat seine Gründe.«
»Geht es um Atlantis?«
»Im Prinzip ja. Atlantis ist ein sehr wichtiger Punkt, und es strahlt wieder in die heutige Zeit hin ab. Dir muß ich nicht erst sagen, daß das Land zwar unterging, sein Erbe allerdings nach wie vor Bestand hat. Da brauchst du nur mich anzuschauen.«
»Stimmt.«
»Um aber auf den Punkt zu kommen, John, muß ich dir sagen, daß jemand aus dieser Zeit wieder unterwegs ist. Eine gefährliche Person, die ich nach dem Untergang auf meinen Reisen durch die Zeit schon öfter gesehen habe.«
Ich war ungeduldig und fragte: »Wer ist sie?«
»Sie nennt sich Urania.«

»Oh. Eine Frau?«

Kara wiegte ihren Kopf von einer Seite zur anderen. »Ja, wenn du es willst, dann ist sie es. Zumindest tritt sie zeitweilig als Frau auf. Aber sie ist zugleich auch etwas anderes. Sie ist eine Person, die nicht unbedingt aus Fleisch und Blut besteht. Sie ist auch kein Geist, sie ist schon materiell. Man kann sie anfassen, man kann sie fühlen, und trotzdem besteht sie aus etwas anderem, aus dem wir im Prinzip eigentlich alle bestehen.«

»Jetzt hast du mich aber neugierig gemacht.«

»Sie besteht aus Sternenstaub!«

Das war eine Antwort, die gesessen hatte. Ich kam mir vor wie ein kleines Kind, das eine Super-Überraschung zu Weihnachten erlebte und nur noch staunen konnte. Kara lachte, als sie mein Gesicht sah. »Du machst den Eindruck, als würdest du mir nicht glauben, John.«

»Nein, doch, ja ...« Ich redete Unsinn. »Ich bin nur ein wenig überrascht.«

»Wohl ein wenig viel.«

»Kann auch sein. Sternenstaub hast du gesagt?«

»Ja, aus dem wir letztendlich alle sind.«

»Ich möchte nicht so viele Jahre zurückgehen, das ist mir im Moment zu kompliziert, aber eine etwas genauere Erklärung brauche ich schon.«

»Deshalb bin ich hier.«

»Wunderbar.«

Kara lehnte sich entspannt zurück. »Ich kenne sie. Es ist jetzt nicht interessant, woher ich sie kenne, aber ich weiß ziemlich viel über diese Person. Sie ist kein Geist. Sie begegnet dir als Mensch. Sie begegnet jedem als Mensch, und sie wird dann ihr Menschsein aufgeben, wenn sie es geschafft hat, einen anderen Menschen in ihren Bann zu ziehen. Dann sieht es ganz anders aus.«

»Wie denn?«

»Urania kann man als eine Körperfresserin ansehen.«

Ich runzelte die Stirn. Körperfresser, der Begriff ließ bei mir eine Glocke anklingen. Ich kannte einen Film, der sich mit diesem Thema beschäftigte. Body Snatchers, hieß er wohl. Gesehen hatte ich ihn nicht, aber daß es diese Körperfresser auch in Wirklichkeit und in Gestalt dieser mir noch unbekannten Urania gab, war schon ungewöhnlich. Ich bezweifelte, daß Kara log, wollte aber mehr Informationen erhalten.

»Diese Urania ist also hier.«

»Ja, John. Ich nenne sie eine Alptraum-Frau. Der Begriff mag falsch sein, weil sie nicht in den Träumen der Menschen erscheint, aber im Prinzip stimmt es schon. Wer auf sie trifft und in ihre Kreise gerät, erlebt einen Alptraum.«

»Weil die den Körper des anderen frißt. Ist sie eine – direkt gefragt – Kannibalin?«

»Auf keinen Fall darfst du sie mit einer Menschenfresserin verwechseln, John.«

»Dann fällt es mir schwer, sie zu begreifen, muß ich dir ehrlich sagen. Tut mir leid, aber ...«

»Keine Sorge, deshalb bin ich bei dir. Wenn du sie siehst, ist sie eine völlig normale Frau. Sie hat sich anpassen können, sie ist nicht häßlich, und sie versteht es, Menschen zu umgarnen. Sie lockt sie in eine Falle, die auch etwas mit Erotik zu tun hat. Es gibt bestimmt nicht viele Männer, die ihr widerstehen können. Auch deshalb nicht, weil sie sich zumeist Menschen aussucht, die sich in einer extremen Lage befinden und dicht vor dem Ende stehen.«

»Dem Tod, meinst du?«

»Ja, aber dem Tod durch die eigene Hand. Man würde sie als Selbstmörder bezeichnen.«

»Und was hat sie davon?« fragte ich.

»Sie braucht sie.«

»Ihre Seelen vielleicht?«

Kara schüttelte den Kopf. »Nein, das nicht. Ihre Körper. Sie vereint sich mit der Person. Sie nimmt sie für sich ein. Sie schluckt sie, und diese Person gibt es dann nicht mehr.«

»Nein.«

»Doch, John, doch. Sperr dich bitte nicht dagegen. Ausgerechnet du tust so etwas.«

»Klar, Kara, weil ich damit einfach nicht mehr zurechtkomme. Es fällt mir auch schwer, die Dinge zu begreifen. Ich muß da erst mal mit mir selbst ins Reine kommen. Sie schluckt die Menschen also, und dann sind die nicht mehr vorhanden.«

»Nicht mehr so wie sonst.«

»Aber?«

»Sie stecken in ihr.«

»Noch besser. Wie das?«

Kara räusperte sich leise. »Ich habe dich vorhin mit dem Begriff Sternenstaub geschockt. Auf ihn können wir aufbauen. Sie macht ihre Opfer zu Sternenstaub. Zwar sind diese dann weg, aber trotzdem noch irgendwie vorhanden.«

»Als Staub«, sagte ich.

»Ja!« bestätigte Kara. »Und zwar in ihr, die sich nicht verändert hat. Urania wird immer gleich bleiben und gleich aussehen. Man kann ihr nichts nachweisen, wenn man ihr gegenübersteht. Das alles ist schwer zu begreifen, aber du mußt mir glauben, sonst wäre ich nicht zu dir gekommen, denn ich kann mir vorstellen, daß du auf sie treffen wirst, bei deinem Glück, das du hast.«

»Das weiß ich nicht, Kara. Was könnte sie denn von mir wollen? Kennt sie mich? Hat sie meinetwegen ihre Welt oder Region verlassen? Ich bin da völlig unbedarft.«

»Nein, John, das nicht. Doch wo sie auftritt, hinterläßt sie schon ihre Spuren. Es könnte sein, daß du in deinem Job auf diese Spuren aufmerksam wirst. Dann ist der Zeitpunkt da, an dem du ihr gegenüberstehen wirst. So muß man das sehen.«

Ich nickte Kara zu. »Und was ist mit dir? Wie stehst du zu ihr? Bist du gekommen, um mich zu unterstützen?«

»Zunächst einmal wollte ich dich warnen.«

»Danke, das ist immerhin etwas. Aber es reicht wohl nicht, wenn ich dieser Person jemals gegenüberstehen sollte. Ich könnte mich auch mit deiner Hilfe daran machen, sie zu finden und zu stellen. Wie gefällt dir denn dieser Vorschlag?«

»Du traust mir viel zu, John.«

»Zu Unrecht?«

»In diesem Falle schon. Oder schaffst du es, Sternenstaub zu verfolgen?«

Da war wieder dieser verdammte Begriff, hinter den ich noch nicht gekommen war. »Besteht sie denn wirklich nur aus Staub, verflixt noch mal? Du hast vorhin etwas anderes gesagt, wenn ich mich recht erinnere.«

»Sowohl als auch. Sie ist Materie und Staub zugleich. Sie kann in den verschiedenen Zustandsformen erscheinen.«

»Ist denn Sternenstaub nicht auch Materie oder ist er nur reine Energie?«

»Mehr Licht.«

»Also Energie.«

»Ja.«

So kam ich nicht weiter und deutete dies auch an, denn ich fuhr mir mit allen Fingern durch das Haar. Es war eine Geste der Verzweiflung.

»Es ist wirklich schwer, damit zurechtzukommen, John, weil man sie nicht greifen kann. Ich weiß mit

Bestimmtheit, daß Urania unterwegs ist auf dieser Welt.«

»Und ausgerechnet hier in London!«

»Ja!« sagte sie. »Ja, das ist tatsächlich der Fall. Sie ist in der Stadt. Nur kann ich sie leider nicht finden, doch ich sage dir nur, daß sie Spuren hinterlassen wird. Und diese Spuren werden nicht normal sein. Du bist jemand, der sich mit den unnormalen Fällen beschäftigt. Deshalb würde ich dir raten, die Augen und Ohren offenzuhalten. Zumindest in den nächsten Tagen.«

»Was voraussetzt, daß ich mich hier ständig in der Stadt aufhalten müßte.«

»Es wäre sinnvoll.«

»Und ich könnte mich deshalb nicht um andere Dinge kümmern, die ebenfalls wichtig sind.«

»Du bist nicht allein, John.«

»Klar, damit spielst du auf Suko an. Ich werde ihn natürlich informieren, und er wird mich ebenso ungläubig anschauen, wie ich dich angesehen habe.«

»Das ist mir klar, John. Nur darfst du nicht vergessen, daß ich nicht nur aus Spaß zu dir gekommen bin. Wenn Urania, die Alptraum-Frau, erscheint, wird es gefährlich.«

Ich winkte ab. »Alles gut, bisher. Alles klar. Was aber wird sein, wenn ich ihr tatsächlich gegenüberstehe? Wie kann ich sie bekämpfen?«

»Du mußt schon sehr gut und auch sehr schnell sein.« Sie hatte die Antwort mit sehr großem Ernst gegeben. Was sie nicht aussprach, fügte ich hinzu.

»Sonst werde ich gefressen.«

»Auf ihre Art und Weise. Du hast es erfaßt.«

Ich stand auf und wanderte im Zimmer hin und her. Ich brauchte einfach die Bewegung. Was ich in dieser Nacht gehört hatte, das war harter Tobak. Das rüttelte an den Grenzen meiner Begriffsfähigkeit. Ich hatte in meiner Laufbahn schon die verschiedensten Phänomene erlebt, auch Ungeheuerlichkeiten, die mit dem normalen Verstand nicht zu fassen waren. Bei dieser Urania war ich tatsächlich an die Grenzen gekommen.

Sternenstaub!

Das klang nach dem Beginn des Alls. Nicht nur unserer Welt. Das hatte schon kosmische Weiten bekommen. Gerade in dieser Zeit, in der sich ein Jahrtausend dem Ende zuneigte, waren die Menschen stärker als sonst gewillt, über die Zeit nachzudenken, um irgendwie zu versuchen, sie zu begreifen.

Ich blieb stehen und schaute auf Kara hinab. Sie lächelte mich noch immer an. »Du hast mir vielleicht einen eingeschüttet«, sagte ich und schüttelte den Kopf.

»Was meinst du damit?«

»Laß sein, vergiß es. Ich werde mich jetzt also mit dieser Urania beschäftigen müssen.«

»Nein, John, das kannst du gar nicht. Du wirst sie nicht zu Gesicht bekommen. Du wirst wahrscheinlich nur das sehen, was sie hinterlassen hat. Das ist dann der Anfang, um ihr auf die Spur zu kommen. Mehr kann ich dir nicht sagen.«

»Akzeptiert, Kara. Was mich zugleich allerdings auf einen anderen Punkt bringt. Habe ich denn in dir, Myxin oder dem Eisernen Engel eine entsprechende Unterstützung?«

Sie dachte über die Antwort nach, weil sie mir auch nichts Falschen sagen wollte. »Wir werden uns natürlich bemühen. Aber wir sind nicht allwissend.«

»Ach ja, wissend. Woher hast du erfahren, daß diese Urania wieder unterwegs ist?«

»Durch die Steine.«

»Sie konnten einen Kontakt schaffen?« fragte ich verwundert. »Reichen sie denn so weit?«

Kara korrigierte mich. »Nein, John, das nicht. Aber sie reichen bis zu einem bestimmten Planeten.« Sie schaute mich bedeutungsvoll an, und ich wußte Bescheid.

»Du sprichst vom Planeten der Magier?«

»Genau er ist gemeint.«

Ich pfiff durch die Zähne, ging wieder auf und ab und sortierte meine Gedanken, wobei es nicht viel zu sortieren gab. »Wir müssen also davon ausgehen, daß sich Urania dort aufgehalten hat.«

»Sicher. Und sich von dort eine gewisse Kraft oder was auch immer geholt hat.«

»Das kann ich dir nicht sagen. Möglicherweise hat sie ihn sich auch nur als einen Fixpunkt oder Beobachtungsposten ausgesucht. Das wollen wir mal dahingestellt sein lassen. Jedenfalls kam der Kontakt zustande, als ich mich zwischen den Steinen aufhielt und sie dabei aktivierte.«

»Hast du etwas gegen sie unternommen?«

Sie verneinte lächelnd.

»Es war nicht möglich, John. Vergiß vieles, was du erlebt hast. Urania ist nicht so schnell zu fassen. Und halte dir immer den Begriff Sternenstaub vor Augen. Es ist möglich, daß es dir noch genügend Unruhe bereiten wird. Ich wünsche es uns allen nicht, aber einiges deutet darauf hin.«

Ich fragte noch einmal nach. »Hier in London?«

»Ja.«

»Und du hast nicht den geringsten Verdacht, wen diese Urania besuchen könnte?«

»Dann wäre mir wohler, John. Dann hätte ich dich auch nicht erst bitten müssen. Ich kann nur meine Warnung aussprechen, das ist alles. So leid es mir tut.« Sie kam auf mich zu, legte mir die Hände auf die Schultern und dann umarmten wir uns. Ich spürte ihre kühlen Wangen an meiner etwas erhitzten Haut und wußte, daß diese Umarmung auch so etwas wie ein vorläufiger Abschied war.

»Und grüße die anderen«, bat ich sie. »Auch Sedonia.«

Kara nickte. »Sie fühlt sich bei uns sehr wohl und hat sich wunderbar eingelebt.«

»Da kann man wohl nur gratulieren.«

»Ja, das meine ich auch.«

Sie ging zur Tür. Dabei blieb ich an ihrer Seite. »Laß nur, John, ich finde den Weg allein.«

Nein, da war ich stur. Sie ging in den Flur. Es war so still, daß wir eine Stecknadel hätten fallen hören können. Kara zögerte noch, legte den Kopf zurück und schaut an die Decke, als wäre sie eine Leinwand mit Bildern.

»Was hast du?«

»Ich spüre es, John«, sagte sie, ohne die Haltung dabei zu verändern. »Ich spüre es genau. In dieser Nacht ist etwas geschehen. Urania ist da, und sie hat zugeschlagen. Aber frage nicht, wo das geschehen ist. Ich weiß es nicht.«

»Okay, wir werden die Augen offenhalten.«

Kara ging zum Lift. Sie verschwand darin und fuhr in die Tiefe. Unten ankommen würde sie nicht, das wußte ich. Eine Person wie Kara hatte andere Möglichkeiten, ihr Ziel zu erreichen. Da war die Schöne aus dem Totenreich uns Menschen überlegen. Ich war froh, daß ich sie, ebenso wie Myxin und den Eisernen Engel zu meinen Freunden zählen durfte.

Sehr nachdenklich ging ich zurück in meine Wohnung. An Schlaf war jetzt erst recht nicht zu denken. Ich ließ mir Karas Besuch noch einmal durch den Kopf gehen, und meine Gedanken blieben immer wieder an einem Begriff hängen.

Sternenstaub!

Ein Begriff aus der Physik. Es war etwas Ursprüngliches. Etwas, aus dem sich das Leben entwickelt hatte. Alles, ob Mensch, Tier oder Pflanze war aus Sternenstaub entstanden, und auch Urania, wie ich soeben erfahren hatte.

Wer war sie wirklich? Was steckte hinter ihr? Oder war sie möglicherweise ein Wesen von einem fremden Stern?

Ich war mittlerweile so weit, daß ich nichts mehr ausschloß. Nur brachte es nicht viel, daß ich mir jetzt den Kopf zerbrach. Ich mußte wirklich abwarten und sowohl die Augen als auch die Ohren weit offenhalten. Vielleicht fand ich ja eine Spur dieser geheimnisvollen Urania ...

Knochen. Gebeine. Ein Skelett und kein mit Fleisch und Haut bedeckter Körper mehr.

Ross Calderon konnte es nicht fassen. Es machte ihn wahnsinnig, in der Umklammerung zu stecken. Ein Alptraum, ein Elend und noch mehr. Seine Hände wühlten sich in den Stoff hinein. Er wollte zudem nicht wahrhaben, was er fühlte, und er glaubte, einen Traum zu erleben, der irgendwann beendet war. So sehr er sich auch bemühte, es gab kein Fleisch mehr, keine Muskeln, keine Haut – nur Knochen, eben das nackte Gebein. Es fühlte sich schlimm an. Es war so starr, so glatt. Rippenbögen, die Wirbelsäule, all das ertastete Calderon unfreiwillig, ein Alptraum, der blieb, ebenso wie die Umklammerung.

Der Körper bewegte sich zuckend vor und zurück. Das Becken der Skelett-Frau drehte. Es war für Ross der Tanz mit dem Gerippe auf einer bestimmten Stelle.

Bisher hatte er nur darauf geachtet, was er unter der Kleidung fühlte. Jetzt konzentrierte er sich auf die andere Person und besonders auf ihre Hände. Sie drückten gegen sein Jackett. Nur waren sie nicht mehr weich, sie bestanden mittlerweile aus Knochenfingern, die ihn einfach nicht loslassen wollten.

Er wurde gegen die Gestalt gepreßt und war nicht in der Lage, einen Blick in ihr Gesicht zu werfen. Er starrte an ihr vorbei. Er sah die Tür, die Wand, die Tapete, die Sitzgruppe. Das alles gehörte zu seinem Büro, es war so normal, aber zugleich war etwas in sein Leben hineingetreten, mit dem er nicht zurechtkam und auch nie zurechtkommen würde. Hier hatte das Schicksal zugeschlagen.

Wie lange sollte dieses Grauen noch anhalten? Und was würde dann mit ihm passiert sein, wenn alles vorbei war?

Trotz seiner momentanen Angst mußte er daran denken.

Und sein Gedanke bewegte sich noch einen Schritt weiter. Er fragte sich, ob er aus dieser Falle jemals lebend wieder hervorkommen würde.

Ross Calderon befand sich in einem Zustand, in dem für ihn vieles zum Stillstand gekommen war. Gewissermaßen eingefroren. Er konnte nichts mehr tun. Er war tatsächlich auf die Gnade der anderen Person angewiesen, die plötzlich nicht mehr wollte.

Es begann damit, daß sich ihr Körper nicht mehr bewegte. Von einer Sekunde zu anderen stand er starr. Nichts mehr. Kein Rucken, kein Drehen oder Kreisen.

Vorbei!

Und dann?

Urania atmete nicht. Aber Ross. Er keuchte. Er preßte den Atem hervor. Es war ihm nicht möglich, normal Luft zu holen, weil der Druck des Körpers einfach zu stark war. Auch die Knochen würden nicht brechen. Hart wie Stahl kamen sie ihm vor.

Dann der Ruck, der Stoß. Das gleichzeitige Lösen. Alles ging so schnell, daß Calderon nicht dazu kam, die Dinge zu begreifen. Er taumelte zurück und verlor für kurze Zeit völlig die Kontrolle über sich selbst.

Es war Zufall, daß ihn ein Sessel stoppte. Er fiel in das Sitzmöbel hinein. Das weiche Leder fing ihn auf. Es bildete Falten, es schabte zusammen. Die Geräusche waren normal wie immer. Calderon wußte das. Trotzdem war dieser Alptraum für ihn noch nicht beendet.

Ob es Zufall oder Bestimmung war, er konnte es nicht sagen, jedenfalls saß er so, daß er nach vorn schauen konnte. Deshalb fiel sein Blick geradewegs auf die Gestalt, die ihm einen Besuch abgestattet hatte. Es war ihm bisher nicht möglich gewesen, einen Blick in das Gesicht zu werfen. Das änderte sich jetzt. Er sah seine Besucherin in all ihrer neuen Scheußlichkeit.

Vorbei war alles Fühlen, alles Tasten. Verschwunden war die graue Theorie. Ross Calderon sah, wie diese Person tatsächlich aussah, und er konnte es nicht glauben. Seinen Suizid-Versuch hatte er längst vergessen, jetzt interessierte ihn nur diese furchtbare Person, die kein Mensch mehr war, sondern etwas völlig anderes. Sie war eine furchtbare Person, sie war ein Monster, denn nicht nur der Körper hatte sich in ein Skelett verwandelt, mit dem Kopf war das gleiche geschehen.

Oder?

Nein, doch nicht.

Nur der erste Eindruck war bei ihm so gewesen. Das Gesicht hatte sich nicht verändert. Höchstens von der Farbe her. Es war bleicher geworden, vielleicht auch durchscheinender. Es konnte sein, daß hinter der Haut etwas flimmerte, hell vibrierte oder leuchtete, wie auch immer.

Beim Eintreten war das Kleid noch geschlossen gewesen. Jetzt stand es offen. Die Lücke zwischen den beiden Hälften war groß genug, und Ross Calderon sah den Körper.

Tatsächlich ein Skelett!

Ein ekliges, widerliches Ding. Ein hell schimmerndes Knochengerüst. Eine absolut grauenhafte Gestalt, an dessen Gebeinen kein einziges Stück Haut mehr hing. Es war auch kein Fleisch zu sehen, es gab nur die blanken Knochen, die schimmerten, als wären sie noch vor nicht allzu langer Zeit poliert worden.

Ross Calderon konnte es nicht fassen. Es gab keine Erklärung. Er fühlte sich zudem nicht mehr frei im Kopf. Es war ihm unmöglich, über bestimmte Dinge nachzudenken. Er mußte sie einfach hinnehmen, mehr war nicht zu machen.

Daß die Knochen der ›Frau‹ hart gegen seinen Körper gedrückt und dabei Schmerzen hinterlassen hatten, darauf achtete er nicht. Er konnte nur gegen dieses schreckliche Gebilde schauen, aber er sah auch in das normal gebliebene Gesicht mit den hellen, pupillenlosen Augen, die ihn beinahe noch stärker faszinierten, weil er derartige Augen nie zuvor in seinem Leben gesehen hatte.

Sie waren leicht schräg gestellt, und sie waren wie helle Lichter. Laternen, mit einem besonderen Licht gefüllt. Diese Helligkeit hatte er nie zuvor gesehen. Calderon schoß ein Vergleich durch den Kopf. Sie erinnerte ihn an Sternenlicht.

Die Person tat nichts. Schaute ihn nur an. Genoß es, daß er sie anstarrte und dabei mit sich selbst nicht zurechtkam.

Ross Calderon dachte auch nicht darüber nach, wie es möglich war, daß sich jemand bis zum Skelett auflösen konnte. Er war das, was man mit dem Begriff hilflos umschreiben konnte. Das deutete er auch mit dem Heben seiner Schultern an. Zusätzlich öffnete er den Mund. Es sah so aus, als wollte er sprechen, nur war ihm das noch nicht möglich. Er brachte nicht mehr als ein Krächzen hervor. Ein Geräusch, das sehr schnell verklang und auch nichts Menschliches mehr an sich hatte. Er war voll und ganz fertig.

Als Mensch hatte sie gesprochen. Schaffte sie das auch als Skelett? Wieso lebte sie, wenn kein Blut mehr durch ihre Adern lief? Das war unmöglich. Sie hätte tot sein müssen. Ein Skelett existierte zwar, aber es lebte nicht wie ein normaler Mensch, im Gegensatz zu dieser Person, denn sie strafte ihn Lügen.

Ihr Blick blieb kalt und leuchtend. Bis sich der Mund zu einem Lächeln verzog. Calderon sah es genau. Er ahnte, daß die Person einen neuen Anlauf unternehmen wollte, um mit ihm in Kontakt zu treten. Er selbst sagte nichts und wartete ab.

Und sie sprach ihn an. »Du gehörst jetzt zu mir. Nichts wird mehr so sein wie früher, denn von nun an bist du einer von uns, Ross Calderon. Ich mag es nicht, wenn Menschen wie du sich umbringen. Kein Problem ist so groß, als daß es nicht zu lösen wäre. Das wollte ich dir noch sagen. Deshalb bin ich zu dir gekommen.«

Calderon freute sich darüber, daß er seinen Kopf bewegen konnte. Er schüttelte ihn. Dabei suchte er mühsam nach Worten. Es war so einfach, es war nur eine simple Frage, aber es fiel ihm verdammt schwer, sie über die Lippen zu bringen.

»Was wird denn jetzt mit mir?«

»Du gehörst mir.«

»Ich verstehe nicht . . .«

»Du bist schon jetzt ein Teil von mir, Ross Calderon, das kann ich dir versprechen. Ich werde dich nehmen und dich in meinen eigenen Körper integrieren. Deshalb bin ich gekommen. Wir werden ganz eng beisammen sein. Du wirst ich sein, und ich werde du sein.«

Diese Philosophie war ihm zu hoch. Da konnte er nur den Kopf schütteln. So etwas war nicht zu begreifen. Er war völlig von der Rolle und schaffte es nicht, eine Antwort zu geben. In seinem Kopf drehten sich die Gedanken. Sie durchwirbelten ihn, und er hörte so etwas wie ein Brausen.

Das irritierte ihn. Er wußte nicht, was es zu bedeuten hatte. Niemals zuvor hatte es in seinem Kopf getobt oder gebraust, warum jetzt? Mühsam hob er den Kopf an – und sah, was tatsächlich geschehen war.

Das Brausen in seinem Kopf war mehr ein Echo gewesen. Von dem hinterlassen, was mit Urania passierte, denn sie drehte sich um ihre eigene Achse.

Für Ross Calderon war es kaum zu fassen, aber eine Tatsache. Sie stand zwar auf der Stelle, doch ihr Knochenkörper war dabei in eine so schnelle Kreiselbewegung hineingeraten, daß er sich in eine Spirale verwandelt hatte.

Die Knochen hatten der Fliehkraft nichts entgegenzusetzen. Sie waren nicht mehr zu unterscheiden, hatten sich aufgelöst und waren eins mit der Spirale geworden.

Calderon saß da mit offenem Mund und staunte nur. Mehr konnte er nicht tun. Er faßte nichts, er begriff nichts, er sah nur diese sich um ihre eigene Achse drehende Spirale, die ihre Form änderte und sich immer mehr in die Länge zog, wobei sie dann einen Bogen bildete, der sich ihm entgegenneigte.

Ähnlich wie der Schweif eines Meteors, der am Boden seine Basis hatte und auch dann schräg zur Decke hinzog.

Er konnte nur schauen. Ross bewegte sich nicht. Schon das erste Phänomen hatte er nicht begriffen, das zweite war für ihn ebenfalls nicht zu fassen.

Da hatte sich ein Mensch – falls es ein Mensch war

– einfach aufgelöst. Er war zu einer flirrenden und funkelnden Masse geworden, zu einem Staub.

Wahnsinn!

Ross Calderon wollte hochspringen, weglaufen, auch schreien, all das waren Vorsätze, und es blieb auch dabei. Er war nicht in der Lage, sie in die Tat umzusetzen.

Das Phänomen hatte ihn fasziniert, und es faszinierte ihn auch weiterhin.

Gleichzeitig sorgte es bei ihm für eine tiefe Angst, denn sein Ziel war klar. Es blieb in dieser halbrunden Haltung, aber es beugte sich immer weiter vor, und die Spitze hatte ein neues Ziel anvisiert. Das war er, der auf dem Sessel saß.

Der Staub wirbelte auf ihn zu. Er schaute hinein in dieses Gleißen und Funkeln. Falls es überhaupt Staub war, denn ihm kam der Gedanke, daß es sich dabei auch um Licht handeln konnte.

Dann kippte die Spitze nach unten. Das passierte an einer bestimmten Stelle. Sie hatte sich über seinem Kopf befunden und fiel dann stark ab.

Ross Calderon wurde erwischt!

Kurz bevor dies passierte, hatte er seine Gedanken ausgeschaltet. Er wußte weder vor noch zurück. Es war einfach alles anders geworden. Er konnte sich auch nicht wehren. Wie aus einem Kübel geschüttet, fiel das Licht über ihn hinweg. Es war nicht zu halten, es gab keine Grenze, kein Hindernis, und er konnte nichts anderes tun, als sich diesem Phänomen ergeben.

Calderon hatte seine Augen weit geöffnet. Den Grund wußte er selbst nicht. Er hatte es getan. Er war von diesem Licht oder auch Staub umspült und erlebte wenig später ein weiteres, das mit ihm selbst zu tun hatte.

Das Licht war nicht nur um ihn herum geblieben, es

war auch in seinen Körper eingedrungen. Durch die Augen, den Mund, die Nase, die Poren. Alles in ihm war anders. Er spürte es in sich. Es tobte und toste. Es brachte sein Inneres in Aufruhr.

Das Blut veränderte sich. Es nahm Hitze an, es kochte. Ihm war heiß geworden, zugleich auch eiskalt. Zwei Gegensätze, die er nicht fassen konnte.

Aber er konnte noch sehen. Daran hinderte ihn dieses seltsame Licht nicht. Er hielt den Kopf gesenkt. Die Beine lagen in seinem direkten Blickfeld.

Beine?

Es gab sie nicht mehr!

Die Entdeckung ließ das nackte Entsetzen zurück. Calderon mußte mit ansehen, wie sich seine Beine auflösten. Es begann an den Füßen, es ging dann höher, immer höher. Plötzlich waren die Schienbeine weg, dann die Knie, es folgten die Oberschenkel, und das alles passierte, ohne daß er irgendwelche Schmerzen spürte.

Nur die Tatsache, daß er dabei war, sich aufzulösen, bereitete ihm dieses Entsetzen. Er konnte den Vorgang auch nicht stoppen. Das Licht oder der Staub verhielten sich wie eine Säure, die schnell, sehr schnell alles zerfraß, was in ihren Einflußbereich geriet.

Jetzt war auch der Bauch weg. Die Hose, sein Jackett, das Hemd, alles stellte für das gefräßige Licht kein Hindernis mehr dar.

Noch konnte er denken. Aber Ross Calderon fragte sich, was passieren würde, wenn das Licht seinen Kopf erreichte. War er dann auch noch in der Lage, einen Gedanken zu fassen?

Recht glauben konnte er das nicht. Es war einfach alles anders geworden. Sein Leben hatte die normale Bahn verlassen. Er würde auf eine besondere Art und Weise sterben.

Noch hatte das Licht seinen Kopf nicht erreicht. Es

schlang aber weiter. Es holte sich seine Brust. Die Arme waren bis über die Ellenbogen hinweg auch verschwunden, und das Licht wanderte höher, immer höher, dem neuen Ziel entgegen.

Dann erreichte es den Hals. Ein Kältestoß erwischte ihn. Eine andere Kälte wie in einem normalen Winter. Sie war nicht zu beschreiben und wanderte blitzschnell höher. Erreicht die Kehle und dann auch seinen Mund.

Weiter – höher ...

Der gesamte Kopf, das Gehirn, überhaupt das, was einen denkenden Menschen ausmachte.

Und auch die Augen!

Sie waren fast als letzte an der Reihe. Bisher hatte Ross Calderon trotz seiner Auflösungserscheinungen noch immer die Umgebung wahrnehmen können. Das war nun vorbei.

Etwas anderes passierte. Er sah, aber er sah trotzdem nichts. Die gesamte Umgebung war plötzlich eine andere geworden. Von einem gewaltigen Strahlen überlagert, von aufzuckenden Lichtblitzen, die rasch wieder verschwanden, wobei er trotzdem nichts mehr sah.

Der Körper war verschwunden, doch den Geist gab es noch. Er konnte denken. Er war irgendwie da, aber nicht zu sehen. Und er nahm sogar eine Stimme wahr, obwohl er keine Ohren mehr besaß, um zu hören.

»Jetzt gehörst du mir, Ross Calderon ...«

Er hatte die Stimme erkannt und wußte, daß ihn Urania in eine zweite und ihm völlig unbekannte Daseinsebene geholt hatte. Es gab ihn, und es gab ihn trotzdem nicht.

Genau mit diesem Phänomen mußte er zurechtkommen ...

»Weißt du, wie du aussiehst?« fragte mich Glenda, als ich das Büro betreten hatte.

»Sag es lieber nicht.«

»Besser als ich?« fragte Suko, der hinter mir die Tür geschlossen hatte.

Glenda lachte. »Genau das Gegenteil ist der Fall. John sieht aus, als hätte er durchgemacht und sich dabei überschätzt, was den Umgang mit Frauen angeht. Man ist eben nicht mehr der Jüngste.«

Ich blieb neben der Kaffeemaschine stehen. »Stimmt, Glenda. Das ist das hüpfende Komma.«

»Hä? Wie bitte?« Sie verzog ihr Gesicht.

»Den springenden Punkt, meine ich.«

»Tätä, tätä, tätä! Was sind wir wieder lustig. Aber schau mal in den Spiegel.«

»Also am Wetter lag es nicht«, sagte Suko, »obwohl es ja zum Weglaufen ist.«

»Genau richtig für den April. Mal Regen, mal Sonne, mal Gewitter. Bei ihm scheint sich ein Gewitter ausgetobt zu haben.«

»Klar«, gab ich zu. »Dieses Gewitter hat sogar einen Namen gehabt.«

»Einen weiblichen?«

»Was sonst?«

»Ha, ha, dann bin ich doch auf der richtigen Schiene gewesen, Mr. Geisterjäger.«

Ich hatte mir eine Tasse Kaffee eingeschenkt. »Du hast wie immer recht, Glenda. Ich werde dir auch den Namen sagen, denn du kennst diese Dame sogar.«

»Laß mich raten.«

»Bitte.«

»Jane?«

Ich trank einen Schluck und schüttelte den Kopf.

Glenda zählte noch einige Frauennamen auf, aber ich konnte nichts bestätigen.

»Eine hast du vergessen.«

»Nämlich?«

»Kara.«

»Oh!« Sie bekam große Augen. »Kara. Gibt es die denn auch noch?«

»Das habe ich mich auch gefragt, aber sie kam tatsächlich zu mir, und wir haben uns nett unterhalten.«

»Kann ich mir denken. Nur frage ich mich, was sie von dir wollte. Sie war doch nicht zum Spaß bei dir?«

Ich hob die Schultern und gab acht, daß ich keinen Kaffee verschüttete. »Da hast du recht. Allerdings weiß ich auch jetzt noch nicht genau, was sie gewollt hat. Zumindest hat sie mich gewarnt, davon gehe ich mal aus.«

»Und vor wem?«

Ich grinste Glenda breit an. »Vor einer Frau natürlich. Vor wem sonst sollte ich schon gewarnt werden?«

»Toll.« Sie zeigte ein verächtliches Grinsen. »Ein echt cooler Macho. Bravo.«

»Manchmal muß man sich eben wehren. Sogar gegen seine eigenen Mitarbeiterinnen.«

»Gleich schäme ich mich aber.«

»Das solltest du auch, Glenda. Schließlich sind auch Geisterjäger empfindsame Menschen.«

»Wenn ich Zeit habe, werde ich dich bedauern.«

Ich wurde dienstlich. »Gibt es sonst was Neues? Hat Sir James nach uns gefragt?«

»Nein, das nicht, aber er wird euch gleich einen Besuch abstatten. Worum es geht, weiß ich nicht.« Sie wandte sich wieder ihrem Schreibtisch zu und schaute auf den Bildschirm. Dabei beugte sie sich nach vorn. Ich konnte ihren Rücken sehen, um den sich das weiße Wollkleid schmiegte wie eine zweite Haut. Auch die kleinen Pölsterchen zeichneten sich darunter ab. Glenda Perkins war eben keine Bohnenstange. Wer sie in den Armen hielt, brauchte keine Angst vor blauen Flecken zu haben.

Ich verkniff es mir, mit dem Zeigefinger in eines dieser Pölsterchen zu stoßen und betrat das Büro, das ich mit meinem Freund und Kollegen Suko teilte.

Wir saßen uns gegenüber wie zwei Männer, die darauf warteten, daß einer von ihnen mit der Arbeit begann.

Beide verspürten wir keine Lust, und ich mußte stets an den Besuch der Schönen aus dem Totenreich denken. Das sah Suko mir an und versuchte es mit einem Ratschlag.

»Zerbrich dir nicht den Kopf, John. Du wirst es sowieso nicht ändern können.«

»Worüber soll sich hier niemand den Kopf zerbrechen?« Mit dieser Frage betrat Sir James unser Büro und fügte noch einen knappen Morgengruß hinzu, bevor er auf einem Stuhl Platz nahm.

»Über den nächtlichen Besuch einer Frau«, sagte ich.

»Ach so. Glenda hat so etwas angedeutet.«

»Es war Kara.«

»Und? Brennt es wieder mal in Atlantis oder den Flammenden Steinen?«

»Nein, aber es könnte zu einem Brand kommen, wobei ich nicht weiß, wann und wo das passieren wird.«

»Mal was ganz Neues. Ich höre.«

Sir James erfuhr von mir, was mir in der letzten Nacht widerfahren war.

Er hörte ruhig zu. Der Name Urania sagte ihm auch nichts, aber er horchte auf, als er erfuhr, daß sie dem Planet der Magier schon einen Besuch abgestattet hatte.

»Sie ist also unterwegs?«

Ich nickte meinem Chef zu.

»Und was hat sie vor? Sie will die Menschen fressen, ist aber keine Kannibalin?«

»Das deutete Kara an. Diese Urania sucht sich zudem Personen aus, die sich in einer ziemlich verzweifelten Lage befinden. Menschen, die an Selbstmord denken.«

»Was geschieht dann mit ihnen?«

Ich hob die Schultern.

»Das ist wenig.«

»Leider, Sir. Nur müssen wir Kara schon vertrauen. Sie ist keine, die die Pferde scheu macht oder unbedingt eine Panik herstellen will. Wenn sie erscheint, um mich zu warnen, dann ist das Feuer bereits gelegt, das sich zu einem Großbrand entwickeln kann.«

Sir James überlegte kurz. Dann sagte er: »Wir können nichts tun, John. Uns sind die Hände gebunden. Es gibt nur diesen vagen Verdacht, sonst nichts. Daß sie sich London ausgesucht hat, schön und gut. Aber die Stadt ist groß. Wie wollen Sie hier jemand finden, den auch diese Urania besuchen will? Nein, ich denke, da müssen wir abwarten. Und überhaupt.« Er schüttelte den Kopf. »Was hat Ihnen Kara da gesagt? Diese Person bestünde aus Sternenstaub?«

»Davon sprach sie.«

»Glauben Sie das denn?«

»Sir, ich weiß nicht genau, was ich glauben soll. Ich würde auch nicht behaupten, daß jemand wie Kara lügt. Für mich steht schon fest, daß Urania eingreifen wird.«

»Dann wird uns das ja wohl irgendwann zu Ohren kommen, denke ich mir. Oder sehen Sie das anders?«

»Das kann man nur hoffen.«

»Obwohl es schwer sein wird«, meldete sich Suko. »Wenn sie sich tatsächlich Menschen aussucht, die selbstmordgefährdet sind, dann werden wir kaum etwas erfahren, denn diese Leute haben den Kontakt zu ihrer Umwelt oft abgebrochen, auch wenn es natürlich andere gibt, die im Familienverband leben und sich dann urplötzlich – für die anderen zumindest – selbst umbringen.«

Der Superintendent nickte. »Suko, da ist was dran.«

»Meine ich auch.«

»Trotz allem müssen wir uns hier auf Vermutungen verlassen oder auf ein günstiges Schicksal, das uns den Weg weisen wird.« Er lächelte mir zu. »Vielleicht stattet Ihnen Kara ja wieder einmal einen Besuch ab, um Ihnen Neuigkeiten zu unterbreiten, was diese Alptraum-Frau oder Sternenstaub-Person angeht.«

»Vielleicht.«

»Das wollen wir hoffen. Ich schlage vor, daß Sie die Warnung zwar nicht vergessen, aber zunächst einmal zurückstellen, denn es gibt etwas, um das sie sich kümmern sollten.«

»Einen neuen Fall also.«

»Genau richtig, John. Nur weiß ich nicht, ob es ein Fall für uns ist. Es könnte einer werden, da gebe ich Ihnen recht. Ich würde eher von einem Rätsel sprechen.« Er rückte seine Brille zurecht und schüttelte den Kopf. »Es hat Berichte gegeben, daß sich die verschwundenen Personen wieder gemeldet haben. Fast könnte man meinen, daß dieser Fall etwas mit Ihrer Urania zu tun hat, John. Aber das glaube ich nicht. So viele Zufälle gibt es nicht.«

»Eigentlich ist es positiv, wenn sich die Vermißten wieder melden, Sir.«

»Im Prinzip schon. Nur verhält es sich hier etwas anders. Die Verschwundenen haben sich gemeldet, ohne daß sie dabei gesehen wurden. Verstehen Sie?«

»Noch nicht ganz«, gab ich zu.

»Na ja, sie waren stimmlich vorhanden. Erklärten ihren Verwandten, Bekannten, Freunden oder wem auch immer, daß sie noch existieren und man sich keine Sorgen um sie zu machen braucht. Ist schon ein leichter Hammer, nicht wahr?«

»Das allerdings«, gab ich zurück.

Sir James hob die Schultern. »Es passierte bei mehreren Personen. Bei der einen Familie war es der Ehemann. Bei einer anderen der Freund oder der Bekannte. Auch eine Freundin meldete sich wieder zurück. Und es waren Personen, die einfach verschwanden, ohne eine Spur zu hinterlassen. Plötzlich waren sie weg.«

»Waren sie denn suizidgefährdet?« fragte Suko.

»Das kann ich Ihnen nicht sagen. Ich weiß auch nicht, ob die Leute leicht spinnen und sich etwas eingebildet haben. Kann es aber nicht so recht glauben, da es doch verschiedene Personen gewesen sind, die zudem unter unterschiedlichen Bedingungen lebten. Es sind auch nicht die Kollegen gewesen, die mich auf den Fall aufmerksam gemacht haben. Ich habe mit einigen Psychiatern und Ärzten gesprochen. Der Fall ist auch nicht neu. Er lag schon länger unbearbeitet auf meinem Schreibtisch, weil Sie einfach keine Zeit gehabt haben, sich um dieses Problem zu kümmern. Doch jetzt sollten Sie es tun.«

Unsere Gesichter zeigten keine große Begeisterung, denn das war ein Job, der uns nicht lag.

Sir James interpretierte unsere Reaktion genau richtig. »Man kann nicht immer nur die spektakulären Siege erringen wollen. Man muß auch mal Abstriche machen. Momentan hält sich die Gegnerschaft ja etwas in Grenzen, denke ich mir. Sie haben etwas Zeit und können sich deshalb besser um die Dinge kümmern.«

»Wie viele Personen sind es denn?« fragte ich nicht eben begeistert.

»Ich habe hier sieben Namen.«

Ich verdrehte die Augen. »Auch das noch.«

Sir James hatte seinen Spaß. »Sie kennen doch das Sprichwort. Ohne Fleiß kein Preis.«

»Auf diese Preise können wir verzichten.«

»Denken Sie immer daran, daß viele spektakuläre Fälle sehr oft klein angefangen haben. Was harmlos aussah, hat sich dann zu einem höllischen Desaster entwickelt. Ich wünsche es Ihnen nicht, denn auch Sie sollten es mal ruhiger angehen lassen.« Sir James erhob sich. Das Lächeln auf seinem Gesicht blieb, es sah ziemlich ironisch aus. »Dann wünsche ich Ihnen noch einen ereignisreichen Tag.«

»Danke, Sir, wir Ihnen auch.«

»Ich liebe diese Fälle«, sagte ich, als Sir James die Tür hinter sich geschlossen hatte. »Das macht mich so happy. Da könnte ich vor Freude jubeln.«

Suko ging nicht auf meine Bemerkung ein. Er deutete auf die Liste mit den Namen, die Sir James zurückgelassen hatte. »Willst du sie nicht nehmen?«

»Warum ich?«

»Warum nicht? Außerdem bist du näher dran und brauchst nicht einmal aufzustehen.«

»Fauler Sack.« Ich streckte Arm und Hand aus. Irgendwie war ich sauer. Dieser neue Auftrag ging mir quer. Da kam ich nicht mit zurecht. Fahrerei und Lauferei. Mit Leuten sprechen, die sich wahrscheinlich etwas eingebildet hatten und sich jetzt wichtig machen wollten. Einen Zusammenhang mit den Fällen und Karas Warnung konnte ich mir nicht vorstellen. Das war nicht drin.

Ich las Suko die Namen vor. Drei Frauen und vier Männer. »Wo fangen wir an?«

»Nimm den ersten Namen.«

»Das ist eine Frau. Sie heißt Claudia Burns. Dahinter steht: ›Hat Stimme ihres verschwundenen Verlobten gehört.‹ Jetzt bist du an der Reihe.«

»Nein, wir beide. Fahren wir hin.«

Ich stand auf, schaute durch das Fenster, sah den trüben Tag und auch den leichten Regen. »Mir bleibt auch nichts erspart. Warum habe ich keinen Urlaub genommen, um auf die Osterinseln zu fliegen?«

»Kann ich dir sagen. Weil es dort keinen Flughafen gibt.«

Darauf bekam Suko keine Antwort von mir. Ich verdrehte nur die Augen.

Janine Calderon hatte an diesem trüben Tag länger geschlafen und sich zum Frühstück auch nicht umgezogen. Sie saß am Tisch und umklammerte mit beiden Händen den mit heißem Kaffee gefüllten Becher. Noch immer wußte sie nicht, wie sie sich verhalten sollte. Die Ehe mit ihrem Mann Ross war in die Brüche gegangen. Okay, das passierte in den besten Kreisen, so etwas hinterließ zwar immer Wunden, aber bei den meisten kam nicht so viel nach wie bei ihr. Es gab Ärger um ihren verschwundenen Mann.

Ross war weg.

Einfach so.

Von einem auf den anderen Tag gab es ihn nicht mehr. Er hatte sich zurückgezogen. Er war geflohen. Man hatte nichts mehr von ihm gehört. Nicht daß sie scharf darauf gewesen wäre, doch die Folgen seines Verschwindens hatte sie zu tragen. Ihr hingen die Gläubiger im Nacken. Ross hatte jede Menge Schulden hinterlassen. Er hatte die Leute, die bei ihm Geld anlegten, reingelegt, aber er war nicht schlau genug gewesen. Man war ihm auf die Schliche gekommen, und die Schlinge hatte sich verdammt eng um seinen Hals gelegt.

Er hätte keine Chance mehr gehabt. Konnte aus dem eigenen Vermögen angeblich nichts mehr gutmachen, weil es nicht vorhanden war. Pleite, eine Riesenpleite. Er hätte für mindestens drei Jahre hinter Gitter gemußt. Dazu war es nicht mehr gekommen. Ross war verschwunden. Von einem auf den anderen Tag. Spurlos. In Luft aufgelöst. Man hatte auch seine Leiche nicht gefunden, und Janine hoffte noch immer, daß die Themse sie irgendwann anschwemmen oder man ihn halbverwest in einem Waldstück fand. Das war nicht passiert. Seit drei Wochen war er jetzt weg. Sie wußte nicht einmal, ob er wirklich tot war. Sollte er noch leben, dann hätte er sich zumindest melden können, schon allein wegen Benny, ihrem gemeinsamen Sohn, der bei der Mutter lebte.

Die Gläubiger, die Fahnder, die Wirtschaftsprüfer, wie immer sie sich auch nannten, hatten es natürlich bei ihr versucht, aber ohne Erfolg, denn sie wußte nicht Bescheid. Es kam ihr nun zugute, daß sie von Ross geschieden war, so konnte bei ihr nichts geholt werden. Ihr selbst ging es recht gut, denn zu besseren Zeiten hatten sie sich einen gesunden Grundstock an Geld zurücklegen können, der genügend Zinsen abwarf, um einigermaßen über die Runden zu kommen. Da brauchte sie das Grundkapital nicht einmal anzugreifen.

Janine zündete sich eine Zigarette an, blies den Rauch über den Tisch hinweg und lachte, als sie auf die gestapelten Briefe schaute, die neben der Kaffeetasse einen kleinen Turm bildeten. Alles Schreiben der Leute, die Geld haben wollten und mit dem Gericht drohten. Man hatte die Briefe aus dem Büro ihres Mannes geholt, sie fotokopiert und ihr die Originale gegeben.

Nichts, gar nichts konnte sie damit anfangen. Sie hatte mit den Geschäften ihres Mannes nichts am Hut gehabt. Ross war immer seinen eigenen Weg gegangen, privat oft auch, denn unter seinen Affären hatte sie sehr gelitten.

Am meisten unter dem Verhältnis, das er mit seiner Mitarbeiterin begonnen hatte, einer farbigen Frau aus der Karibik. Sie hatte Ross auch öfter auf Dienstreisen begleitet, die stets in irgendwelchen Hotelbetten geendet hatten.

Das war vorbei. Janine ärgerte sich auch nicht mehr, und seine Sekretärin war ebenfalls stundenlang von der Polizei verhört worden, ohne eine Auskunft zu geben, denn sie hatte von nichts gewußt. Selbst sie war von Ross nicht in seine genauen Pläne eingeweiht worden. Er war einfach abgetaucht und verschwunden.

Nicht mehr gemeldet ...

So ganz stimmte das nicht. Er hatte sich gemeldet. Aber nicht bei ihr und auch nicht auf die normale Art und Weise. Deshalb hatte Janine auch nichts der Polizei gesagt, weil sie sich einfach nicht lächerlich machen wollte.

Ben hatte von der Stimme seines Vaters gesprochen, die ihn in der Nacht erreicht hatte. Er hatte ihn gehört. Angeblich hatte er seinem Sohn erklärt, wie gut es ihm ging, und daß er ihn bald einmal besuchen würde.

Janine konnte das nicht glauben. Sie tat es als Wunschtraum ihres neunjährigen Sohnes ab, der an seinem Vater gehangen und ihn auch bewundert hatte.

Es war auch kein normaler Kontakt gewesen. Eine Stimme im Traum oder im Halbschlaf. Eine aus dem Jenseits, wie Benny mit großem Ernst erklärt hatte.

So etwas konnte eine Frau wie Janine Calderon nicht glauben. Sie war jemand, der mit beiden Beinen auf dem Boden der Tatsachen stand. Bennys Aussagen waren wirr. Er schaute zuviel in die Glotze, in der immer mehr Mysterie-Serien liefen. Durch sie mußte er ja einfach beeinflußt werden.

Obwohl, und da war sie schon nachdenklich geworden, ihr Sohn Benny sich einfach nicht davon abbringen ließ. Er war fest davon überzeugt gewesen, die Stimme seines Vaters gehört zu haben. Und er glaubte auch an einen Besuch. Sonst hatte es Janine immer geschafft, ihn zu beeinflussen, das war ihr diesmal nicht gelungen. Benny war bei seiner Meinung geblieben. Er hatte Osterferien und schlief um diese Zeit noch. Eigentlich hatten sich Mutter und Sohn vorgenommen, loszuziehen und einige Sachen für Benny zu kaufen, doch das Wetter sah nicht danach aus, als sollten sie dabei Spaß bekommen.

Janine war 35. Eine Frau in den besten Jahren, aber die letzten Monate vor allen Dingen waren für sie verdammt schwer gewesen. Die Scheidung hatte Spuren bei ihr hinterlassen. Sie fühlte sich älter und sah auch so aus. Daran änderte auch das hennarot gefärbte Haar nicht viel. Unter den Augen zeichneten sich Ringe ab wie bei einem dieser dürren Mannequins, die auf einen Zombie-Look geschminkt worden waren.

Die Zigarette hatte sie ausgedrückt. Die Tasse war leer, und die Scheibe Toast hatte ihr nicht geschmeckt. Aber sie mußte etwas essen, um den Magen zu beruhigen.

Sie stand auf und ging ins Bad. Dabei passierte sie die Tür zu Bennys Zimmer. Sie hörte nichts. Der Junge schlief noch. Nach der Morgentoilette wollte sie in sein Zimmer gehen und ihn wecken, wenn er dann noch schlafen sollte. Sie wollte ihm die Entscheidung überlassen, ob sie nun einkaufen gingen oder nicht.

Die Wohnung hatten Mutter und Sohn direkt nach der Scheidung angemietet. Es war natürlich ein Sturz nach unten gewesen, von einem Stadthaus in Chelsea in diese Gegend zu ziehen, aber Luxus war nicht alles. Auch in Paddington konnte man es aushalten.

Im Bad roch es immer nach Dunst, Seife oder Duschgel, weil kein anständiges Fenster vorhanden war. Es gab eines an der Wand dicht unter der Decke, aber es war kaum mehr als ein Spalt, der zudem nur gekippt werden konnte.

Eine Dusche, eine zu kleine Wanne. Handtücher, ein schmales Regalbrett, auf dem Janine ihre Kosmetika verteilt hatte und die Toilette. Natürlich auch der Spiegel über dem Waschbecken. In ihn schaute die Frau lieber nicht hinein.

Sie zog sich aus, streifte die Duschhaube über und genoß die Strahlen des heißen Wassers auf ihrem Körper, den sie streichelte. Dabei mußte sie feststellen, daß sie sich noch immer sehen lassen konnte. Sie war nicht zu dick und auch nicht zu schlank. Wo der Körper fest sein sollte, da war er auch fest, und die Rundungen saßen an den richtigen Stellen, auch wenn sie sich manchmal darüber aufregte, daß ihre Brüste etwas zu schwer waren. Aber dem Nachbarn von gegenüber gefiel es wohl. Schon einige Male hatte er versucht, sie ins Bett zu bekommen. Es war ihm noch nicht gelungen. Die Küsse und Berührungen sollten vorerst reichen, auch wenn sie spürte, daß ihr Widerstand immer stärker zusammenschmolz. Schließlich war sie jung genug.

Nach dem Duschen trocknete sie sich ab, streifte den Bademantel über und ließ ihn auch an, als sie ins Schlafzimmer ging, um sich anzuziehen. Eine schwarze Kordhose, ein dunkelroter Pullover mit V-Ausschnitt und ein dazu passendes Halstuch. So war sie mit ihrem Outfit zufrieden. Sie schminkte sich noch und fand, daß sie wesentlich besser aussah als vor einer halben Stunde.

Auch ihre Laune war gestiegen. Es ging ihr richtig gut. Sie freute sich darauf, mit Benny in die Stadt gehen zu können, trotz des miesen Wetters.

Der Blick auf die Uhr zeigte ihr, daß es an der Zeit war, Benny aus dem Bett zu holen. Er sollte schließlich nicht den ganzen Vormittag verschlafen.

Sie ging durch den kleinen Flur auf sein Zimmer zu und wollte die Tür schon öffnen, als ihre Hand auf der Klinke bewegungslos liegenblieb, denn sie hatte etwas gehört.

Eine Stimme – Bennys Stimme!

Halblaut. Durch das dünne Holz gut zu verstehen. Nur konnte sie nicht hören, was der Junge sagte. Sie hörte ihn aber leise lachen und dann den Begriff Daddy.

Er hatte immer ›Daddy‹ gesagt. Das fand er so toll. Weil auch in den TV-Serien die Kinder ihre Väter immer mit Daddy anredeten. Und eben mit Daddy konnte nur Ross gemeint sein.

Über Janines Rücken rann ein Schauer, der sich dann auch auf ihrem Gesicht verteilte. Sie konnte es nicht fassen und glaubte fest daran, daß Benny an irgendwelchen Einbildungen litt. Sein Vater war nicht zurückgekehrt. Er stand nicht im Zimmer und redete mit seinem Sohn, obwohl es sich so anhörte.

Janine Calderon hielt den Atem an und öffnete behutsam und so leise wie möglich die Tür. Benny sollte nichts merken, und er merkte tatsächlich nichts, denn er sprach weiter. Diesmal war es für Janine besser zu hören. Sie vernahm sogar sein leises Lachen und danach einen für sie schon entscheidenden Satz. »Ich finde es toll, daß du kommen willst, um mich zu holen. Ist es da cool, wo du bist?«

Die Frage war auch für Janine wichtig, denn sie rechnete damit, die andere Stimme zu hören.

Es sprach auch jemand. So sehr sich die Frau anstrengte, sie konnte nichts verstehen. Dafür hörte sie wieder die Stimme ihres Sohnes. »Ja, toll, darauf freue ich mich.«

Janine hielt es nicht mehr länger aus. Es drängte sie, die Tür aufzustoßen und in das Zimmer hineinzuplatzen, um diese nicht begreifbare Idylle zu zerstören.

Recht heftig stieß sie die Tür nach innen.

Sie zwinkerte, weil sie etwas Helles im Raum gesehen zu haben glaubte. Einen Schein oder einen Blitz, wie auch immer. Der aber jedoch sofort wieder verschwunden war.

Das Zimmer lag im Halbdunkel vor ihr. Sie schaute auf das Bett, in dem Benny nicht lag, sondern saß. Er blickte in eine bestimmte Richtung und suchte dabei die Gegend um sein Fußende ab. Seine Mutter nahm er nicht zur Kenntnis. Er sprach sie auch nicht an, als sie das Zimmer durchquerte und zum Fenster ging, um dort die Vorhänge aufzureißen. Zwar flutete kein Sonnenlicht hinein, dafür verteilte sich die graue Helligkeit des Morgens, was auch ausreichte.

Janine drehte sich um. Mit dem Rücken zum Fenster hin blieb sie stehen. »Guten Morgen, Benny, ich denke, daß es an der Zeit für dich ist, aufzustehen.«

Er reagierte nicht.

»He, was ist los?«

Benny zog die Decke hoch, bis sie sein Kinn streichelte und sagte dann mit leiser Stimme. »Er ist hiergewesen, Mummy.«

»Wer?«

»Daddy!«

Janine wußte nicht, ob sie lachen oder weinen sollte. Auch ihren Ärger unterdrückte sie und zwang sich, ruhig zu bleiben. »Dein Vater kann nicht hier bei dir gewesen sein. Wir beide wissen, daß er spurlos verschwunden ist, und ich möchte auch nicht sagen, daß er umgebracht wurde, er ist einfach weg, weil er seine Gründe dafür hatte. Natürlich muß man immer damit rechnen, daß er zurückkehrt. Wäre das geschehen, Benny, dann hätte ich ihn sehen und hören müssen. Er hat keinen Schlüssel zu dieser Wohnung. Er hätte schellen müssen und ...«

»Er war aber hier!« behauptete Benny trotzig. Vor Zorn ballte er die Hände.

»Aber dein Vater ist kein Geist!«

»Doch!«

Janine blieb die Sprache weg. »Was hast du da eben behauptet? Dein Vater soll ein Geist sein?«

»Ja, das habe ich gemeint. Er ist wirklich ein Geist gewesen, verflixt noch mal. Er kam als Geist her, aber als einer, der sprechen konnte. Ich habe mit ihm geredet.« Benny streckte einen Arm aus, um auf das Fußende zu deuten. »Da habe ich ihn gesehen, und er hat mir versprochen, daß er mich holen will.«

»Wann denn?«

»Weiß ich nicht.«

»Und wohin will er dich holen?«

»Das hat er mir nicht gesagt. Ich freue mich nur, daß ich mit ihm sprechen kann und daß er nicht tot ist.«

»Sondern ein Geist, wie?«

»Ja!«

Janine schüttelte den Kopf. Mit einem langen Schritt hatte sie das Bett ihres Sohnes erreicht und zerrte mit einer heftigen Bewegung die Decke zur Seite. »So, mein Lieber, jetzt wird aufgestanden. Hast du vergessen, daß wir dir etwas zum Anziehen kaufen wollten?«

»Ich habe keine Lust.«

»Du wartest wohl auf deinen Daddy, wie?« Schon als sie den Satz ausgesprochen hatte, bereute sie ihn wieder, aber Benny hatte ihn nicht so tragisch genommen.

»Stimmt. Ich warte auf ihn.«

Janine schloß die Augen. Sie wußte nicht mehr, was sie mit ihm anstellen sollte. Benny hatte sich so verändert, und sie schob es auf das neue Leben, das sie nach der Scheidung gemeinsam begonnen hatten. Das war schwer zu verkraften gewesen, nicht nur für sie, auch für den Jungen. Da mußte bei ihm etwas durcheinandergeraten sein.

»Wenn dich dein Vater tatsächlich holen will, dann wird er hier klingeln und hochkommen. Ist das okay?«

»Nein.«

»Wieso nicht?« Sie verdrehte die Augen.

»Das braucht er nicht, Mummy. Geister haben das nicht nötig, verstehst du?«

»Ja, ich verstehe«, sagte sie, um endlich ihre Ruhe zu haben. »Aber ich verstehe nicht, daß du hier noch länger liegen willst. Steh auf, und ab ins Bad.«

Benny sprang nicht aus dem Bett, wie er es sonst immer tat, sondern wälzte sich hervor und ging mit langsamen Schritten aus seinem Zimmer, in dem Janine zurückblieb und mit der üblichen morgendlichen Tätigkeit begann. Sie schüttelte das Bett ihres Sohnes auf, sie öffnete auch das Fenster, um frische Luft hereinzulassen und schaute anschließend im Bad nach.

Jungen in Bennys Alter sind oft sehr wasserscheu. Ihr Sohn bildete an diesem Morgen eine Ausnahme. Er hatte freiwillig geduscht und war jetzt dabei, sein Haar trocken zu rubbeln.

»Das ist aber selten, daß du dich freiwillig unter die Dusche stellst. Lob, Lob, muß ich schon sagen.«

»Ich möchte ja sauber sein, wenn Daddy mich abholt.«

»Ah, so ist das. Daran habe ich nicht gedacht. Dann sollen wir auch gleich losziehen, um dir neue Kleidung zu kaufen. Oder hast du etwas dagegen?«

»Nein, nein, finde ich toll. Hast du denn schon gefrühstückt?«

»Das übliche.«

»Ich habe Hunger.«

»Okay, ich koche dir deinen Kakao.« Kopfschüttelnd ging Janine in die Küche. Sie verstand den Jungen nicht. Aber sie hütete sich davor, darüber zu lachen. Wenn sie ehrlich zu sich selbst war, machten ihr die Reaktionen des Neunjährigen schon Angst. Mit ihm war etwas geschehen. Er mußte einen seelischen Knacks bekommen haben.

Auch in der Küche öffnete sie das Fenster und schaute nach draußen. Der Blick war nicht berauschend. Er fiel auf weitere Wohnsiedlungen und auf einige Industrieanlagen dazwischen. Alles sah grau in grau aus und hatte sich dem Himmel angepaßt. Aus einem Schornstein quoll ebenfalls grauer Rauch, der sich sehr bald mit den tiefhängenden Wolken vermischte.

Verkehrslärm drang zu ihr hoch. Sie hörte auch die Eisenbahn, die den nicht weit entfernt liegenden Bahnhof durchfuhr. Die Gleise allerdings waren nicht zu sehen.

Sie ließ das Fenster offen, schaute nach der Milch, die mittlerweile heiß geworden war, und rührte das braune Pulver hinein.

Gedanklich war sie dabei weit weg, wurde aber aus diesem Traum hervorgerissen, als sie die Stimme hörte.

»Warum stellst du dich quer?«

Janine hatte Glück, daß sie durch die heftige Bewegung nicht die Tasse umriß. So schnell drehte sie sich um, denn die Stimme ihres Mannes hatte sie genau gehört.

Hinter sich.

Jetzt hätte er eigentlich vor ihr stehen müssen, aber da war nichts zu sehen.

Irrtum? Täuschung? Einbildung? Janine wußte es nicht und konzentrierte sich zunächst einmal auf ihr starkes Herzklopfen. Der Schreck war ihr in die Glieder gefahren.

Sie bewegte ihren Kopf, und das ziemlich hektisch. Nur so konnte sie in jede Ecke der kleinen Küche hineinschauen, weil sie einfach damit rechnete, daß sich ihr geschiedener Mann dort versteckt hielt. Das traf nicht zu. Sie hätte ihn sehen müssen, und in einen der Schränke war er bestimmt nicht gekrochen.

Janine Calderon fing sich wieder. Trotzdem schlug sie mit der flachen Hand gegen die Stirn und fragte sich, ob sie mittlerweile schon verrückt geworden war. Hatte sie sich durch ihren Sohn anstecken lassen? Hörte sie jetzt schon Stimmen, wo es gar keine gab?

Es war niemand da. Und es war auch niemand durch das offenstehende Fenster geklettert. Trotzdem ging sie darauf zu und schaute hinaus, weil sie daran dachte, daß er sich eventuell außen an er Hauswand aufhielt und von dort aus in die Küche hineingerufen hatte.

Nein, auch dort war er nicht.

Außerdem war die Hauswand zu glatt. Irgendwelche Balkone gab es ebenfalls nicht.

Benny hatte von einem Geist gesprochen, und Janine hatte eine geisterhaft klingende Stimme gehört, sie aber trotzdem als die ihres Mannes erkannt.

Das war nicht zu fassen, auch nicht zu erklären, und sie mußte da einfach durch.

Benny betrat die Küche. Frisch angezogen. Der Kakao war inzwischen fertig.

Benny setzte sich noch nicht und fragte nur: »Was hast du denn, Mummy?«

»Wieso? Was sollte ich haben?«

»Du siehst so komisch aus. Richtig blaß.«

»Meinst du?«

»Ja.«

»Es ist nichts.«

Benny ging zum Tisch und setzte sich. »Gehen wir trotzdem noch in die Stadt einkaufen?«

»Ja, ja, ja ...«, sagte sie leise und griff zur Zigarettenschachtel. Am liebsten hätte sie jetzt einen Brandy getrunken. Darauf verzichtete sie, weil sie ihrem Sohn kein schlechtes Vorbild sein wollte.

Innere Ruhe fand Janine Calderon nicht. Irgend etwas Schreckliches und Unerklärliches braute sich über ihr und ihrem Sohn zusammen ...

»Claudia Burns«, sagte ich.

»Na und? Was ist mit ihr?«

»Sie wohnt nicht schlecht.«

Suko nicke. »Stimmt.«

Wir waren in einem der neuen Wohnparks gelandet, in denen die Miete recht hoch war, weil es keine Hochhäuser waren, sondern die Höhe von drei Etagen nicht überschritten wurde.

Es störte die hier lebenden Menschen auch nicht, daß sie auf einer ehemaligen Müllkippe lebten. Sie war eingeebnet worden, nachdem man das Zeug abgetragen hatte, und angeblich war der Boden auch nicht verseucht. Das wußte ich noch aus den Zeitungsberichten, die ich nicht vergessen hatte, denn dieser Bau lag knapp ein halbes Jahr zurück. Noch während der Fertigstellung hatte es starke Bürgerproteste gegeben, die allesamt nichts gebracht hatten.

Sechs neue Häuser standen hier und alle in verschiedenen Winkeln zueinander. Wären es mehr gewesen, dann wäre der große Irrgarten perfekt gewesen. Die Schönheit der Umgebung hielt sich in Grenzen. Noch, denn man war dabei, auch Grünanlagen herzustellen. Parkplätze jedenfalls gab es, und dort hatten wir auch den Rover abgestellt.

Claudia Burns wohnte in einem Haus, auf dessen

Breitseite wir vom Parkplatz her schauten. Die Fassade war in einem lichten Gelb gestrichen worden, was bei diesem trüben Tag auch nicht viel half. Da sah alles grau in grau aus. Der Regen hatte zwar aufgehört, dafür war Wind aufgekommen, der scharf in unsere Gesichter wehte.

Wir standen sehr bald vor einer verglasten Haustür, die allerdings geschlossen war. Suko suchte bereits das Klingelbrett ab, um zu erkunden, wo er schellen mußte. Es gab eine Gegensprechanlage, und so konnte sich der Besucher anmelden.

Wir hatten Claudia Burns zuvor angerufen. Sie hatte uns erklärt, daß sie zu Hause war. Ihr Dienst begann erst am Abend. Da mußte sie auf einer Frühjahrsmodenschau Klamotten präsentieren und über den Laufsteg eines Kaufhauses spazieren. Irgendwie hatte sie sich auch froh angehört, als sie vernahm, wer sie da besuchen wollte, das aber würden wir bald genauer herausfinden.

Suko schellte.

Wir warteten auf eine Reaktion. Unsere Gesichter wurden lang und länger, als wir nichts hörten. Kein Summen, keine Stimme aus dem Lautsprecher, es blieb still.

»Hat sie uns nicht erwartet?« fragte Suko.

»Ich denke schon.«

»Warum öffnet sie dann nicht?«

Die Frage war nicht ohne Hintersinn gestellt worden, und ich hatte auch den beunruhigten Tonfall aus ihr herausgehört.

Bevor wir etwas unternehmen konnten, meldete sich mein Handy. Ich war nicht eben begeistert darüber, und das hörte Sir James meiner Stimme auch an.

»Auch wenn ich jetzt stören sollte, ich muß Ihnen noch etwas mitteilen, John.«

»Bitte.«

»Auf dieser Liste ist doch der Name Calderon vermerkt.«

»Ja, Sir. Benny und Janine Calderon.«

»Genau. Ich habe mich noch einmal mit den Protokollen beschäftigt und sie in Ruhe durchgelesen. Gerade bei Calderon ist mir etwas aufgefallen. Als man ihn holen wollte, da fand man ihn in seinem Büro nicht vor. Dafür einen Revolver, der auf dem Boden lag und aus dem nicht geschossen worden ist.«

»Was schließen Sie daraus, Sir?«

»Ganz einfach. Sie haben mir doch von dieser Urania berichtet. Ich gehe mal davon aus, daß alles stimmt. Ist sie nicht diejenige gewesen, die Menschen von einem Selbstmord abhalten wollte?«

»Das erzählte Kara – stimmt.«

»Und diese Waffe könnte darauf hindeuten, daß Ross Calderon versucht hat, sich zu töten. Ist nur eine Vermutung und braucht nicht zu stimmen. Ich wollte Ihnen nur den Namen ans Herz legen, falls sie Janine Calderon noch nicht besucht haben.«

»Nein, Sir, wir stehen vor der Haustür einer gewissen Claudia Burns, die erste Person auf der Liste.«

»Dann viel Glück.«

Suko hatte mitgehört. »Was hältst du von Sir James' Vermutung?« fragte er.

Ich hob die Schultern.

»Keine Ahnung, ob das wirklich etwas bringt. Ist aber möglich.« Ich lächelte. »Wir scheinen Sir James schon beeindruckt oder beunruhigt zu haben, daß er sofort eine Verbindung zwischen dem Auffinden der Waffe und dem Erscheinen dieser Alptraum-Frau zieht. Dann scheint sie sich in London wohl etabliert zu haben.«

»Das möchte ich nicht hoffen.«

Da wir noch immer vor der geschlossenen Haustür standen, probierte ich es woanders. Ich klingelte eine

Wohnung in parterre an, und es wurde uns geöffnet, ohne daß jemand eine Frage gestellt hätte.

Im Flur kam uns eine ältere Frau entgegen. Sie hielt einen Hund an der Leine, der heftig bellte.

»Ja, was wollen Sie?«

»Wir möchten zu Claudia Burns.«

»Sie ist da.«

»Aber sie öffnet nicht.«

»Dann weiß ich es auch nicht.« Die Frau beäugte uns mißtrauisch. »Wer sind Sie überhaupt? Was wollen Sie von ihr? Vertrauenerweckend sehen Sie nicht gerade aus. Mein Hund mag Sie auch nicht. Hören Sie, wie er Sie anknurrt?«

Das war nicht gerade ein Kompliment für uns. Ich beschloß, etwas für unser Image zu tun und zücke deshalb meinen Ausweis.

»Polizei, auch das noch. Was hat sie denn getan?«

»Nichts. Wir brauchen nur ihre Zeugenaussage.«

Die Frau wirkte erleichtert. »Dann ist es gut. Ich möchte nämlich nicht mit irgendwelchen Verbrecherinnen unter einem Dach leben. Das kann keiner von mir verlangen.« Sie redete noch weiter, erreichte aber nur unsere Rücken, denn wir waren bereits auf dem Weg zur Treppe, da wir in die zweite Etage mußten.

Der Flur war hell. Es fiel auch Licht durch lange Fenster an der Außenseite, doch auf dieses Grau konnte man gut und gerne verzichten. Auf jeder Etage wohnten zwei Parteien. Der Name Claudia Burns prangte auf der Türmitte. Rote Buchstaben auf einem hellen Schild.

»Lohnt es sich zu klingeln?« fragte Suko.

Die Entscheidung wurde uns abgenommen, denn aus der Wohnung hörten wir einen verzweifelten Schrei ...

Zurückgehen. Anlauf nehmen. Dann gegen die Tür wuchten. Suko und ich waren ein eingespieltes Team und hatten so manche Tür auf diese Art und Weise aufgerammt.

Bei dieser hier würden wir Schwierigkeiten bekommen. Sie sah verdammt stabil aus. Trotzdem war es die einzige Möglichkeit, sie so schnell wie möglich zu öffnen.

Vorpreschen, rammen!

Es war alles eine fließende Bewegung, und wir prallten zugleich gegen das Holz. Da unsere Schultern nicht aus Holz bestanden, bekamen wir die Schmerzen beim Aufprall voll mit.

Die Tür zitterte zwar, aber sie brach nicht.

Der neue Anlauf. Unser Antrieb waren dabei die Schreie, die nicht aufgehört hatten. Claudia Burns mußte sich in Lebensgefahr befinden, anders waren ihre Schreie nicht zu erklären.

Auch beim zweiten Versuch hatten wir Pech. Mein Gott, im Film geht das immer so leicht. Zudem hörten wir die keifende Stimme und das Bellen des Hundes von unten. Die Mitbewohnerin war doch verdammt neugierig.

Der dritte Versuch.

Diesmal klappte es. Zwar fiel die Tür nicht schlagartig nach innen und wir auf sie, aber wir brauchten nur wenige Tritte, um uns den Weg freizukämpfen.

Die Schreie zitterten durch die Wohnung, in deren Flur wir hineinstolperten. Er war hell eingerichtet und gehörte zu einer relativ großen Wohnung mit mehreren Türen.

Wir hatten beide unsere Waffen gezogen, schauten uns um, weil niemand so recht wußte, aus welchem Zimmer der Schrei drang.

Ich lief nach vorn und stieß die nächstbeste Tür auf. Eine leere Küche, nicht mehr.

»John! Hier!«

Ich flog herum.

Suko war schon weitergegangen. Er hatte eine Tür aufgestoßen. Ich schaute auf seinen Rücken und sah ihn mit gezückter Waffe stehen und in das Zimmer hineinzielen.

Er schoß nicht, obwohl der Schrei blieb. Er kam mir wie versteinert vor. Oder wie jemand, der vor Überraschung einfach nur starr geworden war. Es dauerte nicht einmal zwei Sekunden, da war ich bei ihm.

»Sieh nach links!«

Ich drehte den Kopf. Meine Nackenhaare sträubten sich, denn was ich da zu sehen bekam, ging über meinen Verstand.

Hatte Kara nicht von einem Wesen gesprochen, das andere Menschen schluckte oder fraß und trotzdem kein Kannibale war?

Ja, das war die Theorie gewesen.

Die Praxis aber erlebten wir mit eigenen Augen. Und sie war unbeschreiblich grausam . . .

»Willst du mir da die Jeans kaufen, Mum?«

»Das hatte ich eigentlich vor.«

Benny zog einen Flunsch. »Ich mag den Laden nicht.«

»Warum nicht?«

»Weil die anderen Mütter immer woanders kaufen. Das weiß ich von meinen Klassenfreunden.«

Janine Calderon verdrehte die Augen. »Wo denn?«

»Im Jeans Corner.«

Sie sagte nichts, schnaufte nur. Ja, sie kannte den Jeans Corner. Ein teurer Laden. Dort verkaufte man nur die Labels, die gerade *in* waren, und sie kosteten oftmals das Doppelte einer normalen Jeans. Aber die Kids schauten darauf. Es war leider der Lauf der Zeit, gegen den sich auch Janine nicht stemmen konnte und es jetzt auch nicht wollte, denn ihr Sohn sollte zufrieden sein.

»Und?«

»Wir gehen hin!«

Benny sprang in die Luft. »Stark!« rief er. »Echt super. Das wird ein Schuß.«

Auch mit dieser Terminologie fand sich die Frau nicht zurecht, aber sie unterließ einen Protest. Viele Kids sprachen so. Als Ausnahme wurde man leicht zum Außenseiter.

So etwas konnte nur jemand mit einem sehr gesunden Selbstbewußtsein durchhalten.

Sie hätte die U-Bahn nehmen können, aber sie gingen zu Fuß. In die ›Stadt‹ waren sie nicht gefahren. Auch in Paddington gab es genügend Läden, in denen man fündig wurde. Janine fiel auch ein, daß Benny noch Schuhe brauchte, und sie sprach ihn darauf an.

»Super. Welche willst du mir denn kaufen?«

Sie gab ihm einen Klaps. »Gegenfrage, Kleiner. Welche würden dir denn gefallen?«

»Turnschuhe. Die ›Walker‹.«

»Aha. Und was ist so besonderes an diesen Tretern?«

»Die haben eine Luftfederung. So Polster, weißt du?«

»Nein, das weiß ich nicht, aber wenn du das sagst, wird es schon stimmen. Was zuerst? Die Schuhe oder die Hose?«

»Die Jeans. Die kann ich dann gleich anlassen und sehen, wie die Schuhe dazu aussehen.«

»Kannst du alles machen.«

Bei diesem Wetter waren die Geschäftsstraßen in Paddington längst nicht so belebt. Auch in den Geschäften war nicht viel los. Viele Besitzer boten Sonderangebote an, aber Benny hatte dafür keinen

Blick, auch wenn es sich um Jeans handelte. Es fehlte eben das entsprechende Label.

Der Jeans Corner war ein Laden, der tatsächlich auf einer Ecke lag. Auch der Name verteilte sich auf zwei Seiten. Man hatte die Reklame eingeschaltet. Das Wort Jeans leuchtete blau und das Wort Corner rot. Das immer wieder in verschiedenen Intervallen.

Als Eingang diente eine übergroße Saloontür, dem Wilden Westen nachgemacht. So sah es auch im Innern aus. Cowboy- und Indianerposter hingen an den Wänden. Zwischen den Tischen und Regalen schwangen immer wieder Pappcowboys ihre Lassos. Es war Western-Musik zu hören, und auch die Umkleidekabinen waren mit Schwingtüren versehen.

Viel Betrieb herrschte nicht. Nur wenige Kunden schlichen starrend an den ausgestellten Waren entlang. Eine junge, dunkelhäutige, sehr schlanke Verkäuferin mit Rasta-Zöpfen und grünen Plastikohrringen sowie grün geschminkten Lippen hatte die beiden neuen Kunden gesehen und löste sich von der hohen Box, aus der die Melodie eines Western-Songs klang. Lässig schlenderte sie näher, was Janine zu einem Grinsen veranlaßte, denn die Kleine konnte auf ihren Plateau-Sohlen kaum normal gehen und hatte Mühe, das Gleichgewicht zu bewahren.

»Was kann ich für Sie tun?«

»Mein Sohn braucht eine Jeans.«

»Okay.« Die Coole schaute Benny kurz an. »Deine Größe haben wir dahinten bei den Kabinen. Hast du einen besonderen Wunsch, was das Label betrifft?«

»Ja.« Er sagte eine Nummer und fügte dann hinzu. »He, du hast aber irre Zöpfe.«

»Findest du?«

»Klar.«

»Kostet mich immer viel Zeit, die so hinzukriegen. Ist echt Streß, kannst du mir glauben.«

»Laß dich doch rasieren. Machen viele.«

»Soll ich da lachen?«

»Sei nicht so vorlaut!« flüsterte Janine und schob ihren Sohn an.

Sie gingen beide der leicht wackelnden Verkäuferin nach, die sie in den dunkleren Teil des Ladens führte, in den kein Tageslicht mehr hineindrang und künstliche Lichtquellen Helligkeit schufen.

Janine war froh, einen Hocker in Sattelform entdeckt zu haben, auf dem sie sich niederlassen konnte. Ihr Sohn beschäftigte inzwischen die Verkäuferin. Er war abgelenkt, brauchte seine Mutter zunächst nicht, und sie konnte sich mit ihren eigenen Gedanken beschäftigen, die sich auch um Ben drehten.

Vergessen hatte er den Besuch seines Vaters bestimmt nicht. Zudem wußte niemand, ob der Mann nun tot war oder sich einfach nur abgesetzt hatte. Alles lag in der Schwebe. Sie kamen nicht voran, sie wollten es auch nicht. Sie hatten den Mann vergessen, zumindest Janine Calderon, nur nicht ihr Sohn.

Er hing an seinem Vater, und Ross hatte auch an ihm gehangen. Jetzt hatte er ihn gesehen. Als Geist oder wie auch immer. Janine wußte es nicht. Sie verstand gar nichts mehr, erinnerte sich aber an den hellen Fleck, den sie beim Betreten von Bens Zimmer gesehen hatte. Da war schon etwas gewesen. Sie wollte nicht daran glauben, daß sie sich geirrt hatte. Zurecht mit diesen Dingen kam sie trotzdem nicht. Da lief einiges nicht so, wie sie es gern gehabt hätte. Janine war froh gewesen, aus der Pleite ihres Mannes glatt und sicher herausgekommen zu sein. Sie hatte das Kapitel abgehakt, nun aber war eine neue Seite in diesem Buch aufgeschlagen worden.

Ross war wieder da. Irgendwie.

»Nein, nein!« flüsterte sie. »Das gibt es nicht. Das will ich nicht wahrhaben. So etwas ist unmöglich . . .«

»Haben Sie was gesagt? Meinten Sie mich?« Die Verkäuferin fühlte sich angesprochen.

»Auf keinen Fall.«

»Ihr Sohn zieht sich um.«

»Das habe ich gesehen.«

Das Rasta-Girl lächelte. »Er hat zwei Hosen mitgenommen. Sie gefielen ihm beide.«

»Mal schauen.«

»Ich meine ja nur.«

Benny hatte die erste Hose angezogen. Er stieß die Schwingtür auf und trat in den Verkaufsraum, verfolgt von den fachmännischen Blicken der beiden Frauen. Er strahlte.

»Na, wie fühlst du dich?« frage Janine.

»Echt cool.«

»Ist auch nicht zu eng?«

»Nein, Mum.«

»Dann werden wir sie nehmen.«

»Und die zweite?«

Janine verdrehte die Augen. Sie dachte auch noch an die Schuhe, die Benny brauchte. Aber heute war ein besonderer Tag. Es war viel geschehen, er hatte einiges erleben müssen, und da wollte Janine nicht so sehr auf den Geldbeutel achten.

»Probiere sie an.«

»Wuchtig, Mum.«

Die Verkäuferin mischte sich wieder ein. »Die wird auch sitzen, dafür habe ich einen Blick. Der Kleine hat eine gute Figur für Jeans, finde ich. Außerdem sind Sie hier bei uns genau richtig, wir haben alle Größen, auch für Sie, Madam.«

»Nein, danke, zuerst ist der Junge an der Reihe. Als Mutter steckt man ja immer zurück.«

»Klar, die Kids gehen oft vor.«

Es verging Zeit. Benny hatte eine Hose über die rechte Hälfte der Schwingtür gehängt. Die Verkäuferin nahm sie ab und legte sie auf einen freien Platz. Dann ging sie zu einer anderen Kundin, die um einen mit Jeans gefüllten Tisch herumschlich.

Benny war noch immer in der Kabine. Ziemlich lange sogar, das wiederum gefiel Janine nicht. Es war nicht natürlich. Normalerweise war Benny froh, wenn er eine Umkleidekabine so schnell wie möglich verlassen konnte. In diesem Fall war das Gegenteil eingetreten. Er blieb in dem engen Raum und war trotz der unten und oben offenen Schwingtür nicht zu sehen.

Sie stand auf. Etwas stimmte nicht. Die Verkäuferin beschäftigte sich mit der neuen Kundin. Sehr langsam ging Janine auf die Schwingtür zu. Es war für sie alles normal, und trotzdem kam sie sich anders vor als sonst.

Sie schaute nach unten.

Bennys Beine waren zu sehen. Er trug noch immer die Jeans. Ob es eine neue oder eine alte war, interessierte die Frau nicht. Janine sah nur die Beine und auch die Starre.

Ross! Der Name ihres Mannes fiel ihr ein. Das mußte etwas mit Ross zu tun haben. Plötzlich war ihre Stimmung dahin. Sie hatte gedacht, ihn vergessen zu können, aber er war wieder da. Zumindest in ihren Gedanken. Sie traute sich nicht, die Flügel der Schwingtür zur Seite zu drücken, um nach Benny zu schauen. Das wäre normal gewesen, aber es gab da tatsächlich eine Hemmschwelle.

»Benny . . .?«

Halblaut hatte sie den Namen ihres Sohnes gerufen, und er hätte ihr eine Antwort geben müssen.

Die erfolgte nicht.

»Mein Gott, was ist nur los?« flüsterte Janine und schaute sich behutsam um.

Es war alles normal. Der Betrieb lief. Die Verkäuferin kümmerte sich noch immer um die Kundin.

Nichts wies auf etwas Schlimmes oder gar Unheimliches hin.

Benny stand noch immer auf der Stelle. Er bewegte sich nicht. Er sprach auch nicht.

Oder doch?

Ja, es war seine Stimme, die Janine hörte. Sehr leise nur, kaum zu verstehen, und sie ging noch näher an die beiden Hälften der Schwingtür heran.

Jetzt hörte sie etwas. Ihr Herz schlug schneller. Das Blut schien sich in Eiswasser verwandelt zu haben. Schweiß brach aus ihren Poren, und sie spürte einen leichten Schwindel. Stellte sich schlimme Dinge vor, Dinge, die es eigentlich nicht geben durfte. Alles war plötzlich anders geworden.

»Daddy, was ist denn? Warum siehst du so komisch aus?«

Janine Calderon schloß die Augen, als sie diese Frage hörte. Das gab es nicht. Das war der letzte Irrsinn. Ihr ehemaliger Mann konnte einfach nicht in dieser Kabine sein. So was war unmöglich. Sie hätte ihn auch sehen müssen. Er hatte sich ja nicht in Luft auflösen können, so etwas gab es nicht.

Janine überwand sich selbst. Sie war um einiges innerlich gewachsen. Diesmal ließ sie sich nicht von der Angst zurückhalten und zerrte die rechte Hälfte der Schwingtür auf.

Der Blick war frei.

Sie sah ihren Sohn. Er wandte ihr das Profil zu und schaute auf einen Spiegel, der an einer Kabinenwand hing und bis zum Boden reichte. Janine wollte etwas sagen. Ihr Blick pendelte zwischen Benny und dessen Spiegelbild hin und her. Sie selbst wurde von Ben nicht wahrgenommen. Er konzentrierte sich auf den Spiegel, bewegte seine Lippen, sprach flüsternd, und wieder fiel das Wort »Daddy«.

Im Spiegel bewegte sich jemand!

Janine sah nur den Schatten. Einen hellen Streifen, ein Gesicht mit männlichen Zügen. Verwaschen zwar, aber gut zu erkennen, wie sie meinte.

Es war Ross, ihr ehemaliger Mann!

Im ersten Augenblick fühlte sie sich so, als hätte man ihr die Beine weggezogen. Sie wunderte sich, daß sie trotzdem noch stand. Das Blut schoß ihr in den Kopf. Der Schwindel blieb. Sie hörte sich stöhnen, und das Gesicht im Spiegel verschwamm ebenso vor ihren Augen wie auch Benny.

Sie kannte sich selbst nicht mehr, als sie Benny anpackte, ihn herum und auch aus der Kabine riß. Sie hätte sich schämen müssen, doch es war keine Zeit für irgendwelche Erklärungen.

Erst draußen im Laden kamen Mutter und Sohn wieder zu sich.

Benny schüttelte den Kopf. »He, was ist denn los? Was hast du mit mir gemacht?«

»Ich? Ich?« keuchte sie. »Nein, ich habe nichts getan. Es war dein Vater. Oder du kannst es auch gewesen sein, denke ich. Was ist denn da passiert, zum Teufel?«

»Dad war da!«

Janine schloß die Augen und zwang sich zur Ruhe. Es stimmte, ihr Mann war dagewesen. Auch sie hatte ihn gesehen. Sein Gesicht hatte sich im Spiegel gezeigt. Diesmal ging sie davon aus, daß es kein Irrtum gewesen war. Er hatte sich gezeigt. Er war es gewesen, aber es war nicht zu begreifen.

Er war nicht tot. Er lebte. Er hatte nur etwas gewechselt. Dieser Begriff fiel ihr ein. Gewechselt. Aber, was zum Teufel, hatte er denn gewechselt?

Sein Menschsein eingetauscht gegen etwas anderes, was mit dem menschlichen Verstand nicht zu begreifen war?

Benny riß sich los. Er tauchte wieder ein in die

Kabine, war aber ebenso schnell zurück. »Jetzt ist er nicht mehr da!« meldete er. »Verschwunden, weg!«

»Sei froh. Sei verdammt froh, mein Junge, daß es so gekommen ist. Ich werde ... ach, verdammt, ich weiß selbst nicht, was ich noch tun will oder soll. Das ist doch nicht zu begreifen. Wenn dein Vater noch lebt, warum kommt er dann nicht normal zu uns oder zumindest zu dir, Benny?«

»Es geht ihm jetzt gut.«

»Warum? Weißt du mehr?«

»Er ist woanders. Das hat er mir gesagt. Er ist geholt worden, und mich will er auch holen.«

»Ach ja? Wohin?«

»Zu sich!«

Janine ging in die Knie, um ihrem Sohn in die Augen schauen zu können. »Ich werde es nicht zulassen, Benny. Ich werde dich nicht hergeben, auch nicht an deinen Daddy. Und schon gar nicht an jemand, der so handelt, wie er es getan hat. Verstehst du das?«

»Ja ... schon.«

»Dann ist es gut.«

»Aber du wirst nicht anders können, Mum. Daddy wird mich holen, das weiß ich. Das hat er mir nämlich versprochen.«

Sie lächelte, obwohl ihr nicht danach zumute war. »Holen will er dich? Das werden wir sehen.«

»Und was ist mit den Hosen, Madam?« fragte die Verkäuferin. »Nehmen Sie jetzt beide oder soll ich eine wieder wegpacken?«

»Wir nehmen beide.«

»Das ist richtig!« erklärte die Verkäuferin mit ihrer Piepstimme. Sie nickte Benny zu. »Ist doch echt geil, wenn man so eine Mutter hat, meinst du nicht auch?«

Der Junge schwieg. Er war mit seinen Gedanken ganz woanders, denn er wußte jetzt, daß sein Vater lebte ...

Claudia Burns saß in einem Sessel und hatte ihre Beine vorgestreckt. Sie konnte sich nicht bewegen. Auch die Arme hatte sie dicht an ihren Körper gepreßt. Ob freiwillig oder nicht, das war jetzt egal. Sie steckte einfach in einer Falle.

Über ihr tanzte eine Gestalt und war dabei, sie zu verschlingen. Vielleicht war der Begriff Gestalt nicht der richtige Ausdruck. Es war etwas Helles, das zudem noch flimmerte, das in sich zirkulierte und aussah wie ein langgezogener Schein, der zudem dem Schweif eines Kometen glich.

Sie schrie weiter.

Ihre Beine waren bereits bis zur den Hüften verschwunden. Sie waren in den Schein hineingeglitten. Vielleicht kroch er auch höher, so genau erkannten wir es nicht. Jedenfalls wurde der Mensch Claudia immer weniger. Sie konnte nichts daran ändern. Die andere Seite war einfach zu stark. Sie holte sich alles, immer mehr. Und schon waren die Oberschenkel nicht mehr da.

Wir standen im Raum. Wir waren wirklich in den ersten Sekunden wie gelähmt, was uns nicht oft passierte. Mit einer derartigen Überraschung hatten wir nicht gerechnet. Das war unerklärlich, das war einfach schrecklich, und ich wußte instinktiv, daß ich gegen dieses Phänomen so leicht nicht ankam.

Wichtig war jetzt, daß wir Claudia Burns retteten. Der Gedanke war da, wir starteten zugleich, um sie aus den Klauen dieser fremden Gewalt zu zerren.

Es war ein verzweifelter Versuch. Suko hob sie an. Er wollte sie über die Lehne des Sessels hinwegzerren, während ich mich um das Phänomen kümmerte.

Ich war ihm nahe gekommen. Ich spürte die ungewöhnliche Kälte, die gegen mich schlug. Ich sah in diesen Schein hinein und glaubte, darin etwas zu erkennen.

Da malte sich eine Gestalt ab. Ein menschlicher Umriß. Vielleicht auch mehrere. So genau war es nicht zu erkennen. Ich wußte nicht, wie ich dieses Phänomen stoppen sollte. Bestimmt nicht mit einer Kugel, und ob mein Kreuz dagegen half, war ebenfalls fraglich.

Der Horror ging weiter.

Suko schaffte es nicht.

Ich hörte ihn fluchen, drehte den Kopf und sah, daß er Claudia nicht losgelassen hatte. Er kämpfte verzweifelt um ihre Rettung, ohne daß er einen sichtbaren Erfolg erzielt hatte. Die andere Macht war stärker. Sie holte Claudia ruckartig zu sich heran, und es verschwand immer mehr von ihr.

Wir hörten eine Stimme. Sie war zischend, sie klang weich. Es war nicht zu unterscheiden, ob sie einer Frau oder einem Mann gehörte. Einfach neutral.

»Ich hole dich!«

»Neinnn! Neiiinnn!« Ich will nicht! Ich kann nicht!« Claudia wälzte sich in ihrer liegenden Position von einer Seite zur anderen. Sie hielt die Augen weit offen. Sie schrie. Sie war nicht mehr zu halten, auch von Suko nicht, der nach vorn kippte und in Gefahr geriet, ebenfalls verschlungen zu werden.

Ich kam mir so lächerlich vor. So hilflos. Ich hatte mein Kreuz gezogen und hielt es diesem Phänomen entgegen, aber es schien mich auszulachen.

Nichts tat sich. Keine Erwärmung. Für mein Kreuz war einfach kein Gegner vorhanden.

Das machte mich verrückt. Ich war es nicht gewohnt, derartige Niederlagen einzustecken und hörte auch Sukos Flehen, daß ich ihm half, Claudia zu retten.

»Komm doch endlich! Gemeinsam schaffen wir es vielleicht!«

Diese Worte rissen mich aus meiner Lethargie. Es

brachte ja nichts, wenn ich noch immer auf mein Kreuz vertraute. Es war nicht mehr als ein normaler Gegenstand, doch die Enttäuschung darüber, daß es mir nicht half, hatte mich so starr werden lassen.

Suko hing jetzt seitwärts über dem Sessel. Mit beiden Händen hielt er Claudia Burns umklammert. Sein Gesicht war durch die übergroße Anstrengung gezeichnet. Sogar die Adern traten unter der Haut hervor, und er zitterte am gesamten Leib.

Der Strahl oder was immer es auch war, fraß sich weiter. Claudias Beine waren so gut wie nicht mehr vorhanden. Sie schrie nicht mehr, sie jammerte nur noch.

Jetzt packte auch ich zu. Zum erstenmal hatte ich mit dem Körper Kontakt bekommen und merkte, daß da etwas war. Eine fremde Kraft war in ihn hineingedrungen. Sie zerrte auch an mir, sie wollte sich nicht nur mit einer Person zufriedengeben.

Wir hielten dagegen.

Egal, wie weh es Claudia tat, wenn wir an ihr rissen, das mußte jetzt durchgezogen werden.

Es gab einen Sieger.

Aber das waren nicht wir.

Die fremde Macht bäumte sich noch einmal auf. Wir spürten den heftigen Ruck, und im nächsten Augenblick glitt uns Claudia Burns wie ein Aal unter den Händen hinweg. Nachzugreifen brachte auch nichts. Wir versuchten es zwar, aber unsere Hände rutschen am Körper ab.

Und dann war sie weg!

Der Strahl verschlang sie wie ein riesiges Maul. Wir sahen noch, wie sie eintauchte. Dabei zeichnete sich ungefähr die Hälfte ihres Körpers in dieser flirrenden Masse ab. Sekunden später war es vorbei. Da gab es keine Claudia Burns mehr. Vor unseren eigenen Augen war die Frau verschlungen worden.

Einen Moment später war auch der Strahl verschwunden!

Wir begriffen es nicht. Knieten noch am Boden und schauten uns an. Suko schüttelte leicht den Kopf. Sein Gesicht war von Anstrengung gezeichnet. Er hatte die Augen weit geöffnet. Darin flackerte ein ungewöhnlicher Ausdruck. Heftig atmete er durch den offenen Mund. Dann stemmte er sich hoch, ebenso wie ich, und starrte dorthin, wo sich vor kurzem noch das Phänomen befunden hatte.

Jetzt war es weg! Ebenso wie Claudia Burns.

Suko schaute mich an. Er wollte die Frage stellen, vielleicht auch selbst etwas sagen, doch er sah mein Nicken und hielt den Mund. Statt dessen sprach ich.

»Ich denke an Kara, die mich gewarnt hat«, sagte ich mit leiser und monoton klingender Stimme. »Sie hat mich vor dem Phänomen Urania gewarnt, und das nicht ohne Grund. Ich habe keine Beweise, Suko, es war ja keine Frau, keine Person, sondern einfach nur ein heller Streifen. Aber ich gehe davon aus, daß wir es mit der Alptraum-Frau zu tun hatten. Etwas anderes kann ich mir nicht vorstellen.«

»Genau das wollte ich hören.« Suko ging durch den Raum. Er blickte sich um. Noch immer konnte er nicht fassen, was hier passiert war. Und er ärgerte sich darüber, wie uns diese Niederlage beigebracht worden war. Es mußte zudem einfach aus ihm heraus. So fragte er mich: »Wir haben viel durchgemacht, John, das steht fest. Wir haben gegen zahlreiche Feinde gekämpft, aber so etwas habe ich noch nie erlebt. Das war der absolute Wahnsinn. Wie kann man dagegen ankommen?«

»Ich weiß es nicht.«

»Die ist uns in allen Belangen überlegen, verdammt noch mal. Da schlagen wir immer ins Leere. Zudem weiß sie jetzt, daß wir ihr auf den Fersen sind.«

»Du meinst, daß sie sich auch an uns halten wird?«

»Bestimmt!«

Die Aussichten waren nicht eben zum Jubeln. Auch ich wußte nicht, wie ich sie stoppen konnte.

Diese verdammte Alptraum-Frau hatte wahnsinnig viel Macht.

»Wir müßten jemand haben, der uns helfen kann«, sagte ich. »Alles andere kannst du vergessen.«

»Wer sollte das sein?«

»Kara.«

»Ja, stimmt. Sie könnte es packen, denke ich mal. Sie weiß auch mehr über Urania. Aber sie hat dir keinen Hinweis gegeben, nehme ich an. Oder hast du mir etwas verschwiegen?«

»Das auf keinen Fall. Es ist alles so passiert, wie ich es dir gesagt habe. Aber Sir James hat eine gute Nase gehabt, als er uns auf diesen Fall ansetzte. Das muß man ihm lassen.«

»Dann sag ihm Bescheid.«

Das hatte ich vor. Ich zog mich in den Flur zurück und tippte die Nummer ein. Als Sir James meine Stimme hörte, sagte er: »Ich wußte, daß Sie mich anrufen würden.«

»Ja, Sir. Ich rufe an, um Ihnen zu erklären, daß wir eine erste Niederlage erlitten haben.«

»Bei wem?«

»Claudia Burns.«

»Richtig. Sie stand ganz oben auf der Liste. Ist sie nicht zu Hause gewesen?«

»Das ja, Sir. Nur gibt es sie jetzt nicht mehr. Sie ist verschwunden. Und das vor unseren Augen.« Bevor mich mein Chef bitten konnte, eine genaue Erklärung abzugeben, kam ich ihm zuvor. Ich gab einen sehr detaillierten Bericht ab, der auch ihn schockte, denn mit einem derartigen Phänomen war auch Sir James noch nicht konfrontiert worden.

Er stellte eine völlig normale und menschliche Frage. »Was können wir denn tun?«

»Ich bin ratlos. Ich weiß es nicht. Dieses Phänomen ist uns in allen Belangen überlegen, doch wir wissen, daß auch diese Gestalt einen Namen hat. Kara hat mich nicht grundlos besucht. Wahrscheinlich hat sie gewußt, daß sich Urania bereits in der Nähe herumtreibt. Aber dafür kann ich mir auch nichts kaufen. Wir sind leider nur zweiter Sieger geblieben, Sir.«

»Ich hoffe, daß das nicht so weitergeht.«

Diesmal mußte ich lachen. »Sollte uns das Phänomen jetzt noch einmal begegnen, müßten wir wieder passen. Ich sage es nicht gern, Sie kennen mich, aber das ist nun mal so.«

»Hört sich das nach einer Aufgabe an?«

»Unsinn, Sir. Überhaupt nicht. Aber wir stehen vor einem Rätsel. Außerdem sind wir zu Zeugen geworden. Es ist möglich, daß wir jetzt auf Uranias Liste stehen.«

»Ja, davon können Sie ausgehen. Bei dem Wort Liste fällt mir etwas ein. Ich hatte Sie doch angerufen wegen dieser Waffe, die man gefunden hat.«

»Genau. Wie war der Name noch?«

»Calderon. Ross Calderon. Auch er ist verschwunden. Bei ihm könnte die Selbstmord-Theorie zutreffen. Hat Urania nicht Menschen vor einem Suizid bewahren wollen?«

»So sagte es Kara.«

»Dann sollten Sie sich als nächstes um die Calderons kümmern. Die Frau heißt mit Vornamen Janine.«

»Werden wir machen, Sir. Wobei ich intensiv hoffe, daß sie noch keinen Besuch erhalten hat.«

»Malen Sie den Teufel nur nicht an die Wand, John.«

Ich kehrte zu Suko zurück. Er war dabei, das Zimmer flüchtig zu durchsuchen, hob aber nicht nur die

Kissen oder Bücher hoch, sondern auch die Schultern. Ein Zeichen, daß er so etwas wie einen Reinfall erlebt hatte.

»Nichts weist darauf hin, daß sie Kontakt mit anderen Mächten gehabt hat.«

Ich war neben der Tür stehengeblieben und knetete nachdenklich mein Kinn. »Das muß auch nicht so gewesen sein. Freiwillig zumindest hat sie keinen Kontakt aufgenommen. Sie ist dazu gezwungen worden, davon muß man einfach ausgehen.«

»Aber nichts geschieht grundlos. Warum hat sie diesen Besuch erhalten? Welche Verbindung gab es zwischen Claudia Burns und dieser Urania? Kommst du dahinter?«

»Nur als Spekulation. Ich gehe davon aus, daß es keinen direkten Kontakt zwischen den beiden gegeben hat. Er muß über eine andere Person gelaufen sein. Es waren diese Geisterstimmen, von denen Sir James berichtet hat. Doch es kann durchaus sein, daß Claudia dieser Geisterstimme bekannt vorkam. Wir haben die Akten nicht gelesen. Wenn es bei diesen Calderons ein Motiv gab, dann auch hier. Deshalb ist es wichtig, daß wir so rasch wie möglich zu Janine Calderon fahren.«

»Ich bin dabei.«

Ich wollte mich umdrehen und durch die Tür in den Flur gehen, als ich ein Geräusch hörte. Es war schlecht zu identifizieren. Vielleicht ein harter Tritt oder ähnliches. Jedenfalls hatte ich mich nicht geirrt und betrat mit einem langen Schritt den Flur.

Angewurzelt blieb ich stehen.

Ich war nicht mehr allein.

Vor mir stand – und das wollte ich kaum glauben – Claudia Burns!

Das war mal wieder eine Situation, in der man nicht weiß, wie man reagieren soll. Mir hatte es buchstäblich die Sprache verschlagen, und auch von Suko hörte ich nichts. Er stand hinter mir und atmete nur langsam.

Claudia Burns tat nichts. Sie hatte sich auch nicht verändert. Sie stand bewegungslos auf dem Fleck und starrte mich nur an. Es war halbdunkel im Flur. Der Lichtschalter befand sich in meiner Nähe, und wenig später wurde es heller.

Sie trug ihre dunkelblaue Hose, den hellen, leichten Pullover. Ihr Haar war blond, kurzgeschnitten, und auf dem Gesicht lag ein Hauch von Rouge.

Sie lächelte nicht, sie sprach uns nicht an, sie stand einfach nur da. Ihr Gesicht zeigte auch kein Staunen. Es war so, als hätte sie uns erwartet.

Nur die Augen kamen mir anders vor. Darin lag ein Blick oder ein Ausdruck, der diesen Namen nicht verdiente. Er war einfach nur leer. Ich sah keine Pupillen. Dafür blasse, weiße Augen. Sie mußte schon eine Verwandlung durchgemacht haben. Nur stellte sich die Frage, warum sie zurückgekommen war.

»Claudia Burns?« sprach ich sie an.

Sie nickte.

»Sie verstehen mich also?«

»Ja.«

»Können wir dann reden?«

»Sicher.«

Ich gab Suko ein Handzeichen und machte selbst den Weg zur Tür hin frei, damit sie ihr hell eingerichtetes Wohnzimmer betreten konnte. Dabei behielt ich sie unter Kontrolle, denn ich schenkte ihr kein Vertrauen. Man mußte bei ihr mit allem rechnen, auch wenn sie sich jetzt noch harmlos gab.

Ihre Schritte waren sehr zögerlich, und sie hob die Füße auch kam vom Boden an, so daß die Sohlen über den Teppich schleiften. Die Lippen lagen aufeinander. Der Mund bildete fast einen Strich. Kein Lächeln zeichnete das hübsche Gesicht.

Suko hatte sich etwas zurückgezogen. Aber er hielt sie ebenfalls im Blick, als sie das Zimmer betrat. Dabei schaute sich Claudia um und verhielt sich meiner Meinung nach nicht so wie jemand, der hier in der Wohnung zu Hause war. Sie ging auf den Sessel zu, aus dem sie auch hervorgeholt worden war, streckte einen Arm aus und legte die Hand auf die Rückenlehne.

Dann blieb sie stehen. Schaute uns nicht an, sondern bewegte den Kopf nach links und rechts. Wie jemand, der sich in einer neuen Umgebung umschaut.

Sie sagte nichts. Blieb einfach nur stehen. Rührte sich auch nicht, als ich in ihr Blickfeld eintrat. Dabei konnte sie mich nicht übersehen, nahm jedoch keine Notiz von mir.

Wieder versuchte ich es. »Claudia . . .?«

Diesmal reagierte sie nicht.

»Bitte, Sie haben vorhin gesprochen. Warum schweigen Sie jetzt? Wir wollen Ihnen helfen. Versuchen Sie einfach, uns zu vertrauen, das wäre am besten.«

Sie hob die Schultern. »Ich war bei ihr«, sagte sie. »Ich war in ihrer Welt. Ich habe ihre Kraft gespürt, und ich bin glücklich gewesen. Ich habe ihn wiedergesehen.«

»Wen denn?«

»Gerald, meinen Verlobten.«

»Lebte er denn?«

»Ich konnte mit ihm sprechen. Wir waren alle so gleich. Wir sind wieder zurückgeführt worden, verstehst du?«

»Nein, ich verstehe nicht. Wohin seid ihr denn zurückgeführt worden, Claudia?«

»Zu unseren Anfängen.« Noch immer klang die Stimme monoton. »So wie alles begonnen hat.«

»Für dich, Claudia?«

»Nicht nur. Für alle Menschen. Jedes Lebewesen ist das einmal gewesen.«

Ich wußte jetzt, worauf sie hinauswollte, denn Kara hatte mit mir darüber gesprochen. »Meinst du den Sternenstaub?«

»Sicher!« flüsterte sie. »Es ist der Ursprung, und Urania hat mich dazu gebracht.«

»Bist du auch zu diesem Staub geworden?«

»Ich war es.«

»Und wie hast du dich gefühlt?«

»Ich war so leicht. Ich schwebte. Ich konnte denken. Es gab mich noch, wenn auch anders.«

»So wie deinen Gerald.«

Sie lächelte plötzlich. »Auch er ist so glücklich gewesen. Es war unsere Welt. Ich wollte sie auch nicht mehr verlassen, aber ich mußte zurückkehren. Urania hat mich wieder in einen normalen Menschen verwandelt und mich in meine Wohnung geschickt.«

»Warum hat sie das getan?«

»Weil ihr hier seid.«

»Kennt sie uns?«

»Nein, sie hat euch gespürt, und sie hat mir gesagt, daß ihr Feinde seid. Ihr habt versucht, mich ihr zu entreißen, das hättet ihr nicht tun sollen. Ihr habt sie beleidigt. Ihr habt sie sogar tödlich beleidigt, das muß ich ändern.«

Zuletzt hatte ihre Stimme ihren monotonen Klang verloren. Sie sprach jetzt härter, und ich spürte auch, wie sich etwas zwischen uns aufbaute. Eine Spannung, die Suko ebenfalls nicht verborgen geblieben war.

»Gib nur acht, John . . .«

»Keine Sorge!«

Claudia streckte die Arme aus. Sie winkte mit den Fingern. Zugleich lächelte sie weich und lockend. »Mein Verlobter ist weit weg. Ich möchte, daß du zu mir kommst, verstehst du?«

»Klar. Aber ich weiß nicht, ob das gut ist. Wir und Urania sind keine Freunde.«

»Komm trotzdem her!«

»Nein!«

Die Antwort paßte ihr nicht. Plötzlich ging sie auf mich zu, und sie war schnell. Ich wollte ihr noch ausweichen, schaffte es jedoch nicht, denn sie berührte mich an der Schulter. Sie wollte mich herumziehen. Ich merkte, wie kalt ihre Hände waren. Es waren die Klauen einer Toten, in denen kein Blut mehr floß.

Ich stolperte auf Claudia zu, starrte in ihr Gesicht und entdeckte die plötzliche Veränderung. Es zeichnete sich hinter der normalen Haut eine Skelettfratze ab. Das war ihr wahres Gesicht. Sie war kein Mensch mehr. Sie hatte die Veränderung erfahren und war in die Klauen dieser gefährlichen Urania geraten.

Ich riß mich los.

Das Gesicht und die Knochenfratze ›kämpften‹ gegeneinander. Immer wieder versuchte das Knochengestell die Oberhand zu gewinnen. Es blieb auch nicht nur bei der Veränderung im Gesicht. Trotz der Kleidung schimmerten die Gebeine auch durch die Haut des Körpers. Sie war zu einer Mischung aus Mensch und Skelett geworden.

Durch mein hartes Losreißen war auch sie ins Taumeln geraten. Mit dem ausgestreckten Arm stützte sie sich noch am Tisch ab, bevor sie wieder in die Höhe schwang.

Genau in diesem Moment griff ich zu. Ich war hinter sie gelangt und hieb meine Hand wie eine Kralle in ihren Nacken hinein. Es war ein harter Griff, der die Frau in die Knie zwang. Wieder spürte ich die Kälte unter meinen Fingern, aber auch das leichte Vibrieren innerhalb des Körpers.

Sie wollte sich aufstemmen. Ich hörte sie schreien und schaute auf ihren gebeugten Rücken. Dort malten sich die Knochen ab. Ich sah die Wirbelsäule, die Schulterknochen, das Becken, die Beine und merkte dann, wie ich die Würgehand zu einer Faust schließen konnte, da kein Widerstand mehr vorhanden war.

Sie schrie auf.

Suko zog seine Beretta.

Er hatte ebenfalls gesehen, daß wir es nicht mehr mit einem normalen Menschen zu tun hatten. Allerdings schoß er nicht und wartete ab, ob ich mit ihr fertig wurde.

Das war nicht möglich. Ich konnte sie nicht mehr halten. Sie zerrte und wand sich unter meinem Griff. Sie schlug mit den Armen um sich, die nur noch aus Knochen mit sehr dünner Haut darüber bestanden.

Ich wuchtete Claudia Burns weg. Sie stolperte, dann fiel sie über einen runden Tisch, landete am Boden, stand aber nicht mehr auf, denn eine andere Kraft in ihr war stärker.

Plötzlich trommelte sie mit den Hacken und auch mit den Fäusten. Sie brüllte. Ihr Mund war dabei weit aufgerissen, und die noch bestehende, dünne Haut wurde weiterhin gestrafft.

Ein Name drang wie ein Schrei aus ihrem Mund. »Urania!«

Claudia wurde erhört.

Urania griff auf ihre Art und Weise ein. Es war der leuchtende Schein, der plötzlich den Körper der Liegenden erfaßt hatte. Nur für einen kurzen Augenblick zeichnete er die Gestalt nach, aber diese Zeitspanne war sehr wichtig. Die Haut verbrannte in einem kalten Feuer ohne Flammen. Wir hörten die ungewöhnlichen Geräusche, die dabei entstanden. Ein leises Knistern und Schaben, aber keiner von uns rieb seine trockenen Hände.

Vor unseren Augen zog sich die Haut zusammen. Sie warf Falten, sie knisterte und fiel ab wie Staub, obwohl sie kein Staub war, denn sie löste sich vor unseren Augen mit einem Funkeln auf, als bestünde sie aus winzigen Glitzersteinen.

Beide schauten wir auf das Skelett. Das blieb ebenfalls nicht, denn die Gebeine fingen an, von innen zu leuchten. Auch dieses Leuchten funkelte. Es tanzten winzige Partikel hin und her. Sie erreichten die Zehen- und auch die Fingerspitzen, waren überall, durchschwirrten die Knochen und lösten sie auf.

Es war kein Geräusch zu hören.

Vor unseren Augen verging Claudia Burns lautlos. Aber es blieb trotzdem etwas von ihr zurück. Dieses flirrende Licht ...

»Sternenstaub«, flüsterte ich. »Der Anfang von allem ...«

Suko sagte nichts.

Er nickte mir aber zu. Dann sahen wir, wie der Staub anfing zu kreiseln. Er lag noch auf dem Boden. Er drehte sich, und er wirbelte immer schneller um die eigene Achse. Als wollte er sich in den Teppich hineinfressen.

Es geschah das Gegenteil. Der Staub drehte sich in die Höhe und verwandelte sich in eine Spirale. Schlangengleich stieg er der Decke entgegen, stieß dagegen – oder auch nicht – jedenfalls war er plötzlich nicht mehr zu sehen. Er hatte sich vor unseren Augen einfach aufgelöst. Wir hatten das Nachsehen.

Es verging eine Weile, bis einer von uns in der Lage war, etwas zu sagen. Ich wandte mich an meinen Freund Suko. »Ist sie jetzt endgültig tot?«

»Darauf sage ich nichts, John. Ich komme mit diesen Verhältnissen nicht zurecht. Ich weiß nur, daß jemand mit uns Katz und Maus spielt. Ich kann mir nicht vorstellen, daß es bei klarer Sicht der Dinge eine Chance für uns gibt, sie zu vernichten.«

»Du meinst Urania?«

»Wen sonst?«

»Da gebe ich dir recht. Ich frage mich nur, warum Claudia zurückgekehrt ist.«

»Um uns zu bestrafen. Urania weiß jetzt, daß wir ihr auf der Spur sind. Und sie hat genügend Leute, um nicht selbst eingreifen zu müssen. Sie schickt erst ihre Vasallen vor, um es auszuprobieren. Schaffen die es nicht, wird sie selbst erscheinen.«

»Auf den Tag freue ich mich nicht.«

»Tag?« Ich lachte scharf. »Gehen wir mal davon aus, daß es noch heute geschehen kann. Durch unser Eingreifen haben wir einen alten Fall aufgerollt und einiges beschleunigt. Wahrscheinlich wäre er in Vergessenheit geraten, aber Sir James hat eine Nase dafür. Gehen wir mal davon aus, daß es Claudia Burns nicht mehr gibt.«

»Was willst du damit sagen?«

»Daß wir woanders weitermachen.«

»Bei dieser Mrs. Calderon.«

»Sie ist die nächste auf der Liste. Bei ihr ist ja der Mann verschwunden.«

»Der geschiedene Mann.«

Ich winkte ab. »Meinetwegen auch er.« Ich holte den Zettel aus der Tasche und schaute nach.

»Wohin müssen wir?« fragte Suko.

»Nach Paddington.«

Suko stieß die Luft aus. »Dann los, der Verkehr heute ist nicht eben dünn.«

Wir verließen die Wohnung und auch das Haus. Auf meinem Rücken blieb ein kalter Schauer zurück, und das lag nicht an der Witterung, sondern an dem, was wir erlebt hatten. Ich dachte für Suko nicht mit.

Ich konnte mir allerdings vorstellen, daß seine Gedanken sich von meinen nicht so weit entfernt hatten.

Diesmal sah es wirklich böse aus. Eine Waffe, mit der wir Urania besiegen konnten, war weit und breit nicht in Sicht. So lagen die Vorteile alle auf ihrer Seite ...

Janine Calderon stieß die Haustür auf. »Komm rein, Benny.«

»Ja, warte ...«

»Nein, du kommst jetzt!«

»Aber ich habe Kevin gesehen. Er spielt Fußball und wollte mich mitnehmen.«

Die Mutter blieb hart. »Nicht heute.«

»Und warum nicht?«

»Weil ich es so will.« Janine hatte keine Lust, ihrem Sohn noch großartig etwas zu erklären. Sie war froh, wenn sie die Wohnung erreicht hatte, obwohl sie sich dort auch nicht sicher fühlte. Es gab wohl keinen Platz auf der Erde, an dem man vor Ross sicher sein konnte, weil seine Existenz logisch nicht mehr zu erklären war.

Mutter und Sohn betraten den Hausflur. Benny trug die Tüte mit den Jeans. Er ließ sie über den Boden schleifen, brummelte vor sich hin, war sauer, doch darauf gab seine Mutter nichts.

Sie stieg die Treppen hoch, um in die zweite Etage zu gelangen. Kurz bevor sie ihr Ziel erreicht hatte, hörte sie, wie eine Tür geöffnet wurde. Am typischen Quietschen erkannte sie, daß es Amos Filmore war, der seine Wohnungstür aufgeschoben hatte.

Als Mutter und Sohn den Flur betraten, sahen sie Filmore. Er war ein großer Mann, der immer leicht gebeugt ging. An diesem Tag trug er eine dunkelgrüne Kordhose, ein graues Hemd und eine ebenfalls grüne Strickjacke. Von Beruf war er Fernfahrer. Seit einigen Wochen allerdings ohne Job, da er in einen Unfall verwickelt gewesen war. Er war kein schöner Mann, eher ein Belmondo-Typ, aber er hatte weiche Augen und ein nettes Lächeln.

»Grüß dich, Janine.«

»Hi, Amos.«

Er schüttelte den Kopf. »Du siehst nicht gut aus.«

Janine hob nur die Schultern und trat zur Tür, um den Schlüssel ins Schloß zu schieben.

»Du siehst wirklich nicht gut aus.«

»Das weiß ich selbst, verdammt.«

Er war dicht an sie heran getreten. »Ich meine es nur gut mit dir, glaub mir. Es ist dir anzusehen, daß du Sorgen hast. Wenn du jemand zum Reden brauchst, ich habe Zeit, auch jetzt.«

Janine Calderon überlegte einen Moment. Sie schloß noch nicht auf. Dann nickte sie. »Okay, Amos, komm rein.«

»Danke.« Er ließ die beiden zuerst eintreten. Benny mochte den Mann nicht so sehr. Er mochte überhaupt keine Männer, die seine Mutter kennenlernte. Nach wie vor war der Vater für ihn das große Vorbild. Da reichte keiner heran.

»Ich bin dann in meinem Zimmer, Mum«, sagte er und wollte verschwinden.

»Moment noch.« Janine hielt Benny fest. »Schau mich an, okay?«

»Jaaa . . .«, sagte er gedehnt.

»Wenn dir etwas auffällt, wenn irgend etwas ist, sagst du mir sofort Bescheid. Klar?«

»Ja, klar.«

»Dann ist es gut.«

»Kann ich mir was aus dem Kühlschrank holen?«

»Sicher.«

Benny verschwand in der Küche. Janine zog ihren

Mantel aus und fuhr durch ihr Haar. Dabei stand sie vor dem Spiegel und nickte sich selbst zu. »Du hast recht, Amos, ich sehe wirklich nicht gut aus.«

»Abgespannt und – sei mir nicht böse, auch ängstlich.«

»Das trifft den Kern«, erwiderte sie leise. »Geh schon mal vor, ich koche uns einen Kaffee.«

»Wunderbar, den kann auch ich gebrauchen.«

Janine verschwand in der Küche. Benny hatte sich etwas zu trinken geholt und hielt sich in seinem Zimmer auf. Für einen Moment schloß Janine die Augen und stützte sich an der Tischkante ab. In was sind wir da nur hineingeraten? fragte sie sich. Welche ein böser Geist schwebt über uns? Was will man von uns? Ist es wirklich Ross, der sich immer wieder zeigt?

Sie hätte die Frage bejahen können, aber sie schreckte einfach davor zurück. Es war für sie zu unwirklich und auch unrealistisch. Das konnte sie nicht in ihren Kopf hineinkriegen. Sie wußte nichts über Ross. Nur daß er urplötzlich verschwunden und auch nicht wieder aufgetaucht war. Das war alles gewesen.

War er tot?

Nein, ja, jedenfalls gab es ihn noch. Er lebte, denn er hatte sich seinem Sohn gezeigt, und auch sie hatte ihn gespürt. Wenn es zutraf, dann lebte er nicht mehr so wie er gelebt hatte, und darüber kam Janine nicht hinweg.

Sie fand einfach keine Erklärung für dieses Phänomen. Sie hatte auch daran gedacht, die Polizei anzurufen. Das brachte nichts. Schon vor längerer Zeit, als alles angefangen hatte, hatte sie den Polizisten Bescheid gegeben.

Passiert war nichts. Wahrscheinlich war sie nicht ernst genommen worden. Irgendwie konnte sie die Beamten auch verstehen. Wenn man ihr so etwas erzählt hätte, dann hätte sie es auch nicht geglaubt. Deshalb mußte sie mit dem Phänomen allein fertig werden.

Der Kaffee war durchgelaufen. Das letzte Gluckern war verstummt. Zusammen mit dem Geschirr stellte Janine die Kanne auf ein Tablett und verließ die Küche.

Ihr Nachbar wartete im Wohnzimmer. Er hatte sich auf die Couch gesetzt und schaute zur offenen Tür hin, in der Janine Calderon erschien und ihn anlächelte. »Ich habe etwas mehr Kaffee gekocht. Deshalb hat es auch gedauert.«

»Das macht doch nichts.« Amos stand auf, um ihr zu helfen, aber sie kam allein zurecht.

»Laß mal, das schaffe ich schon.« Sie schenkte Kaffee ein und nahm ebenfalls Platz. »Möchtest du auch etwas essen?«

»Nein, danke, das brauche ich nicht.«

Janine setzte sich auf die Couch neben ihn. Sie trank den Kaffee, und ihm fiel der traurige Blick auf.

»Sei ehrlich, Janine«, sagte Amos und rückte näher an sie heran. »Was quält dich so?«

»Das ist schwer zu sagen.«

»Versuche es trotzdem.«

»Ich weiß nicht, ob du es verstehen wirst, denn ich selbst kann es nicht begreifen.«

»Manchmal hat ein Fremder den besseren Durchblick«, hielt er ihr entgegen.

Janine nickte und stieß dabei die Luft aus. »Also gut, Amos, ich will es versuchen. Es geht um meinen Mann.«

»Oh! Hat Ross sich endlich gemeldet?«

Sie lachte stoßartig auf. »Eine gute Frage, wirklich.« Dann nickte sie. »Ja, er hat sich gemeldet, aber nicht so wie du es annimmst und wie es normal wäre.«

»Dann hat er einen Anwalt eingeschaltet?« Amos

Filmore dachte noch immer in den normalen Regeln, was ihm nicht zu verdenken war. Die Antwort lautete anders.

»Nein, aus dem Jenseits, glaube ich.«

Amos sagte nichts. Er konnte nicht reden. Er war konsterniert. Er fragte auch nicht nach. Ein Beweis, daß er die Worte schon verstanden hatte. Dann rückte er von Janine Calderon weg, als wäre sie eine völlig Fremde für ihn.

Da er die Tasse noch in der Hand hielt, schwappte etwas Kaffee über. Amos stellte die Tasse schnell auf den Tisch.

»Ich ... ähm ... habe mich doch nicht verhört, oder?«

»Nein, hast du nicht.«

Die Mundwinkel des Nachbarn zuckten. »Wie kannst du denn so sicher sein, daß er sich aus dem Jenseits gemeldet hat? Um so etwas behaupten zu können, muß man doch selbst einen Kontakt zu diesen Welten haben. Finde ich zumindest. Ich kann mich ja nicht in dich hineindenken, Janine, wir kennen uns auch zuwenig, aber von diesen Dingen haben wir nie gesprochen. Du hast mir auch nichts darüber erzählt. Das Thema Jenseits ist ja tabu gewesen.«

»Es gab auch keinen Grund«, flüsterte sie. »Aber jetzt hat sich einiges geändert.« Sie starrte geradeaus und hatte die Stirn in Falten gelegt. »Es hat sich sogar viel geändert, Amos.«

»Ja«, sagte er, ohne überzeugend zu klingen. Mit einem Taschentuch wischte er die Spuren des Kaffees von seiner Hand. »Wie ist denn dieser Kontakt zustande gekommen, wenn ich das mal fragen darf? Hast du Stimmen gehört, wie man immer liest? Vielleicht einen Kontakt im Traum gehabt oder so ähnlich?« Er räusperte sich. »Hin und wieder habe ich in den Zeitschriften darüber gelesen.«

»Nein, Amos«, erwiderte die Frau leise, »so ist das nicht gewesen. Ich habe ihn gesehen.«

»Bitte?«

Er wurde bleich und zitterte leicht. Das war Filmore doch unheimlich, und er schaute sich um wie jemand, der im Zimmer einen Geist sucht.

»Du kannst es glauben oder nicht.« Janine sprach jetzt mit ruhiger Stimme. »Es ist mir tatsächlich widerfahren. Ich habe ihn oder etwas gesehen, das ich mir nicht erklären kann. Einen hellen Fleck, einen Lichtschein oder so ähnlich.«

Filmore atmete tief aus. »Das kann eine Täuschung gewesen sein.«

»Möglich. Auch wenn es sich wiederholt hat. Da gibt es noch ein Problem, das ist mein Sohn.«

»Wie? Was hat er denn damit zu tun?«

»Durch Benny ist alles ins Rollen gekommen, denn er hat mit seinem Vater gesprochen. Ja, er hat sich mit ihm unterhalten, und er war sogar recht glücklich.«

Darüber mußte Amos Filmore erst nachdenken. »Nein«, sagte er dann. »Das kann ich nicht glauben.«

»Weiß ich. Das ist auch schwer. Aber Ross hat mit Benny Kontakt aufgenommen. Dir brauche ich wohl nicht zu sagen, wie sehr Ben an seinem Vater gehangen hat. Umgekehrt war es ebenso. Da hat es zwischen den beiden ein Band gegeben. Sie waren sich immer sehr nahe, und sie sind es auch jetzt.«

Amos Filmore hatte zugehört und sich ebenfalls seine Gedanken gemacht. »Wenn du das so sagst, Janine, müssen wir davon ausgehen, daß dein Mann nicht mehr am Leben ist.«

»Ja.«

»Das stand aber bisher nicht fest. Man ist immer davon ausgegangen, daß er nur verschwand und einfach abgetaucht ist. Die Polizei hat nachgeforscht. Man hat eine Waffe in seinem Büro gefunden und seine Fingerabdrücke entdeckt, aber ihn selbst nicht. Das hast du mir alles erzählt, Janine.«

»Stimmt. Ich war ja der gleichen Meinung wie die Polizisten. Ross hat verdammt miese Geschäft gemacht. Er hat andere Menschen belogen und betrogen. Er hat ihnen mit falschen Versprechungen das Geld aus der Tasche gezogen und hat sich dann aus dem Staub gemacht. Er ist ein Schwein gewesen, davon gehe ich einfach aus. Ein Widerling, der nur sich selbst gekannt hat. Er ist schließlich reingefallen. Er hat den Bogen überspannt. Da blieb ihm nur das Verschwinden, und das muß er auf eine besondere Art und Weise geschafft haben. Da kann ich ihm nur ein großes Kompliment machen. Benny und ich haben überhaupt nichts davon mitbekommen. Es ging alles an uns vorbei.«

»Und jetzt ist er tot!« stellte Amos fest. »Aber auf eine bestimmte Art und Weise. Wobei ich mir die Frage stelle, wer ihn wohl umgebracht haben könnte.«

Janine hob die Schultern. »Ich habe keine Ahnung, Amos. Ich weiß es wirklich nicht. Ich muß mich nur immer auf Bennys Aussagen verlassen. Er hat mit seinem Vater gesprochen. Er muß ihn gesehen haben, wie auch immer.«

»Das hast du ebenfalls, Janine?«

»Ja, einen Lichtschein.«

»Kein Irrtum? Kein Reflex einer Lampe oder so?«

»Ich weiß es nicht. Er war in der Umkleidekabine eines kleinen Kaufhauses. Benny hat zwei neue Hosen bekommen und da ...« Sie schüttelte den Kopf und vergrub das Gesicht in beide Hände. Dann fing sie an zu weinen. Amos streichelte tröstend über ihr Haar. Er wußte nicht mehr, was er sagen und wie er sich richtig verhalten sollte. Auch für ihn war alles so fremd geworden. Sein Leben war, von einigen Ausnahmen abgesehen, bisher in strengen Bahnen verlaufen. Die hatte er nun verlassen. Es war alles anders für ihn geworden, obwohl er nicht direkt betroffen war. Zudem hatte er von dem ganzen Jenseitskram nie viel gehalten. Gut, er hatte in den Zeitschriften darüber gelesen, da gab es ja Berichte in jedem der bunten Blätter. Aber es war bei einer Gänsehaut oder einem Schauer geblieben. Daß er selbst einmal damit konfrontiert werden würde, daran hatte er nie im Leben gedacht.

Jetzt war es soweit. Plötzlich war eine andere Welt in seine hineingedrungen. Er sah sich mit Dingen konfrontiert, gegen die er kein Mittel wußte. Und er schwankte zwischen Bleiben und Weglaufen. Zurück in die eigene Wohnung gehen, sie abschließen und nichts hören und sehen. Doch da gab es Janine Calderon. Er mochte die Frau. Er liebte sie sogar. Er wollte sie nicht allein lassen. Sie hatte genügend durchgemacht und auch gelitten. Früher hatte sie mit ihrem Mann ein tolles Leben geführt. Da hatte Geld keine Rolle gespielt. Jetzt lebte sie in einer Wohnung innerhalb eines alten Hauses. Das war schon ein Sturz gewesen, doch er hatte Janine nichts ausgemacht. Sie hatte sich mit den neuen Gegebenheiten gut zurechtgefunden und trauerte dem ersten Leben auch nicht nach.

Filmore überlegte, was er für sie tun konnte. Im Prinzip nichts. Nur wollte er Gewißheit haben. Janine hatte einige Male den Namen ihres Sohnes erwähnt. Darauf konnte er möglicherweise aufbauen. Vielleicht war es besser, wenn er mal mit dem Jungen redete, auch wenn dieser ihn nicht besonders mochte, wofür er auch Verständnis hatte, da der Junge sehr an seinem Vater hing.

Jawohl hing, denn für ihn war er noch nicht tot!

Amos Filmore war ein Mann der schnellen Entschlüsse, wenn es darauf ankam. Noch war Janine mit sich selbst beschäftigt, und so stand Filmore langsam auf.

Die Frau merkte nicht, wie er sich in die Höhe schraubte und auf Zehenspitzen zur Tür ging. Er schlich über die Schwelle und blieb im Flur für einen Moment stehen.

Er schaute sich um, aber Benny war nicht in der Nähe.

Die Tür zu seinem Zimmer war geschlossen. Wieder bewegte sich Filmore auf Zehenspitzen weiter. Benny sollte auf keinen Fall etwas hören oder merken. Ein gutes Gewissen hatte Filmore nicht. Was er tat, gehörte sich einfach nicht, aber in dieser extremen Situation mußte er es einfach tun.

Dicht vor der Tür blieb er stehen und neigte das Ohr an das Holz. Er wollte herausfinden, ob im Zimmer etwas passierte. Im Prinzip kam er sich lächerlich vor, weil sich seiner Meinung nach Geister kaum anmeldeten, aber man konnte nie wissen.

Es war nichts zu hören, auch wenn er sich noch so stark konzentrierte. Keine Stimmen, kein Flüstern, überhaupt keine Geräusche. Trotzdem traute er dem Frieden nicht und handelte mehr aus einem Gefühl heraus.

Sehr behutsam drückte er die Tür auf. Dabei mußte er zwangsläufig die Klinke bewegen, was ihn auch ärgerte, doch es ließ sich nicht anders machen.

Er lauschte noch einmal. Da lief keine Glotze, da war keine CD aufgelegt worden, und trotzdem war es nicht ruhig im Zimmer, weil er eine flüsternde Stimme hörte.

Es war Benny, der sprach!

Filmores Herz schlug schneller. Er wußte, daß Benny allein in seinem Zimmer war. Daß er trotzdem redete, paßte zu dem, was ihm Janine berichtet hatte.

Seine Konzentration vertiefte sich noch. Sein Körper war gespannt, und er schob die Tür noch um ein winziges Stück nach innen.

Filmore hatte Glück, denn Benny schaute nicht zur Tür, sondern in eine andere Richtung.

Er flüsterte.

Seine Worte waren besser zu verstehen. Und Amos Filmore hörte einen Satz, der ihn elektrisierte.

»Klar, Daddy, ich liebe dich auch!«

Filmore war unfähig, auch nur einen klaren Gedanken zu fassen. Bis zu diesem Zeitpunkt hatte er noch angenommen, daß sich Janine geirrt oder etwas eingebildet hatte. Das war nun vorbei. Er selbst hatte Benny sprechen gehört und auch alles verstanden.

Ich liebe dich auch, Daddy!

Das war deutlich genug gewesen, verdammt deutlich sogar. Filmore spürte auf seiner Haut ein Kribbeln. Er hatte Mühe, seinen Atem unter Kontrolle zu bekommen und ruhig zu bleiben. Er hätte gern einen Blick in das Zimmer geworfen, doch er traute sich nicht, die Tür weiter aufzuziehen, dann hätte ihn Benny gesehen.

So wartete er ab, nicht nur innerlich zitternd. Er lauerte darauf, noch weitere Worte mitzubekommen und wurde auch nicht enttäuscht, denn Benny hielt abermals Zwiesprache mit seinem Vater.

»Ja, ich freue mich. Ich glaube, daß du mich besuchen kommst. Du hast es ja gesagt. Ich warte jede Minute auf dich, und dann kannst du mir zeigen, wo du bist . . .«

Seine Worte verstummten. Wahrscheinlich hörte er die Antwort, aber die war nur für ihn verständlich, und so mußte der Lauscher an der Tür noch warten.

»Kennst du sie denn gut, Daddy?«

Eine Frage, deren Sinn Filmore nicht begriff. Es war

von einer dritten Person gesprochen worden, und sicherlich von einer Frau.

Die nächste Frage: »Ist sie schön?«

Die Antwort war nicht zu verstehen.

Dafür wieder Benny. Diesmal staunend. »Oh – so alt ist sie schon? Echt so alt?«

Ross Calderon oder wer auch immer gab eine Antwort. Filmore hätte sie gern gehört, es war ihm jedoch nicht möglich. Dafür vernahm er wieder die Stimme des Jungen.

»Da bin ich ja richtig gespannt.«

Filmore wollte nicht mehr den Lauscher spielen. Er zog sich zurück und zitterte jetzt noch stärker. Es gelang ihm trotzdem, die Tür lautlos zu schließen. Benny und möglicherweise auch sein Vater hatten davon nichts mitbekommen.

Er war kaum einen Schritt zurückgetreten, da hörte er Janines Stimme. »Amos? Bist du noch da?«

Er ging schnell auf die Tür des Wohnzimmers zu, blieb auf der Schwelle stehen und nickte.

Janine saß noch immer auf der Couch. Allerdings gedreht, so daß sie zur Tür schauen konnte. Ihre Augen waren vom Weinen gerötet, sie zog die Nase hoch und fragte: »Wo bist du denn gewesen?«

»Nur im Flur.«

»Und? Was hast du dort getan?«

Er ging zu seinem Platz. Zuvor holte er aus dem Schrank eine Flasche Brandy. »Möchtest du auch einen Schluck?«

»Nein, danke.«

»Gut, ich brauche ihn jetzt.«

Er setzte sich wieder und schenkte einen gehörigen Schluck ein. Janine schaute ihm dabei zu. Sie saß nicht locker, sondern steif und hielt die Lippen fest zusammengedrückt. Seiner Reaktion entnahm sie, daß etwas passiert war, aber Amos ließ sich Zeit mit der

Erklärung. Er kippte einen Schluck, dann schüttelte er sich und stellte das Glas hart auf den Tisch.

»Es gehört sich zwar nicht, Janine, aber ich habe es getan, weil ich es nicht anders konnte. Deine Worte haben mich nicht ruhen lassen. Ich wollte zu Benny und mit ihm reden. Ich weiß nicht, was da in mich gefahren ist, aber ich habe gelauscht und bin nicht zu ihm ins Zimmer gegangen. Ich konnte es einfach nicht, denn ich habe ihn gehört.«

»Du hast an seiner Tür gelauscht?« flüsterte sie.

»Ja, das habe ich getan. Da bin ich ehrlich, und ich habe ihn auch sprechen hören.

»Mit wem?«

Amos schaute sie von der Seite her an und legte seine Hand auf die ihre. Zu sagen brauchte er nichts, sein Blick sagte mehr als alle Worte.

Janine begriff. »Benny hat mit seinem verschwunden Vater gesprochen, nicht?«

»So ist es gewesen!«

Janine senkte den Kopf. Um den Mund herum zuckte es. Sie ballte die Hände. Die folgende Frage viel ihr schwer, obwohl sie auf der Hand lag. »Was hat er denn gesagt?«

»Er hat davon gesprochen, daß er seinen Vater liebt.«

Sie schloß die Augen, blieb allerdings ruhig. »Das habe ich mir gedacht. Er hat es schon öfter getan. Er hängt wie eine Klette an Ross. Kein Wunder, die beiden sind immer gut miteinander ausgekommen. Aber das ist nicht alles gewesen – oder?«

»Nein, leider nicht. Sie haben noch über eine dritte Person geredet, Janine.«

»Über mich?«

»Das glaube ich nicht. Es ist eine Frau gewesen, das habe ich heraushören können. Du warst nicht gemeint. Eine sehr alte Frau, denke ich, denn Benny hat sich schon darüber gewundert, als Ross oder sein Geist näher darauf eingingen.«

»Kann das seine Mutter gewesen sein?«

»Das weiß ich nicht. Ich kann es mir auch nicht vorstellen, wenn ich ehrlich sein soll.«

»Dann weiß ich es auch nicht.«

»Jedenfalls muß die Frau etwas Besonderes sein, denn Ross scheint an ihr zu hängen.«

Unmotiviert fing Janine an zu lachen. »Das ist gut«, sagte sie, »das ist wirklich stark. Vielleicht hat er sich im Jenseits verliebt. Geist liebt Geist oder so ...« Sie schüttelte den Kopf. »Pardon, aber ich konnte nicht anders.«

»Verständlich.«

Janine tupfte ihre Augenwinkel trocken. Dann nahm sie einen Schluck aus Amos' Glas. »Es tut mir leid, aber ich weiß nicht mehr weiter. Ich weiß nicht, was ich noch tun soll. Ich weiß auch nicht, was ich glauben soll. Das ist alles so quer, nicht logisch. Es hört sich pathetisch an, aber für mich sind in diesem Fall schon Welten zusammengebrochen. Da bin ich ehrlich. Ich komme nicht mehr weiter. Alles hat sich verändert oder seinen Sinn verloren. Ich habe das Gefühl, vor den Trümmern meines Lebens zu stehen.«

»Was ich gut verstehen kann.«

»Danke, Amos.« Jetzt streichelte Janine seine Hand. »Hast du vielleicht einen Vorschlag, was wir beide jetzt machen können?«

»Es ist schwer. Keinen guten und auch keinen schlechten. Ich kann mir vorstellen, daß wir mal mit Benny reden sollten. Intensiv sprechen. Entweder du oder wir beide.«

»Hm.« Janine war skeptisch. »Glaubst du, daß es etwas bringen würde?«

»Nun ja, es ist ein Versuch. Oder es ist einen Versuch wert. Das finde ich zumindest.«

»Daran habe ich auch gedacht. Ich habe es mir vorgenommen, und ich habe versucht, mit Benny zu sprechen.« Sie schüttelte den Kopf. »Aber der Junge blockt. Ich habe mehr den Eindruck, daß er nichts mit mir zu tun haben will. Nicht auf diesem Gebiet. Alles andere läuft wirklich normal, da stellt er sich nicht quer. Aber was seinen Vater angeht, da blockt er leider ab.«

»Und wenn wir ihn uns gemeinsam vornehmen?«

»Vielleicht sollten wir es versuchen.«

»Wir sollten es nicht auf die Bank schieben und sofort damit beginnen. Möglicherweise steht er noch unter dem Eindruck der Begegnung mit seinem Vater. Dann ist er emotional mehr aufgeladen, meine ich.«

»Was folgerst du daraus?«

»Daß er uns eher eine Antwort gibt.«

Janine überlegte einen Moment, dann nickte sie. »Ja, du könntest recht haben.«

»Holst du ihn, Janine?«

Sie lächelte schief. »Das muß ich wohl.« Sie wollte aufstehen, aber aus dem Flur hörten sie ein Geräusch. Eine Zimmertür war zugefallen, und es konnte nur Benny sein, der sein Zimmer verlassen hatte.

»Er kommt von allein, Amos.« Sie legte ihm die Hand auf ein Knie und krümmte die Finger. »Was sollen wir denn jetzt machen?«

»Nur die Ruhe bewahren.«

»Gott, das ist schwer.« Sie sprach schnell und leise weiter. »Ich komme mir so fremd vor, und mein eigener Sohn ist für mich zu einem Fremden geworden.«

»Abwarten.«

Sie blieben ruhig. Lauschten. Hörten dann die Schritte des Jungen. Benny kam auf die Wohnzimmertür zu. Er lief nicht schnell, wie er es sonst immer getan hatte. Sein Gang war seltsam stockend geworden, und dann erschien er an der Tür.

»Hi . . .«

Janine stand auf. Amos blieb sitzen. Sie ging auf Benny zu. »Ich möchte, daß du mal für einen Moment bei uns bleibst.«

»Warum denn?«

»Weil wir zusammen reden müssen.«

Benny stülpte die Unterlippe vor und streckte seinen Arm gegen Amos Filmore aus. »Der auch?«

»Der hat einen Namen und heißt Mr. Filmore. Ja, Amos wird bleiben. Er ist mir in schwerer Zeit ein treuer Freund geworden, auch wenn du das nicht verstehen kannst.«

»Nein, kann ich nicht. Daddy ist ja nicht tot. Es gibt ihn noch. Das weißt du auch, Mum.«

»Wenn er nicht will, kann ich ja gehen«, sagte Filmore. »Ich möchte mich auf keinen Fall aufdrängen.«

»Nein, Amos, du bleibst, das bestimme ich. Schließlich weißt du mittlerweile Bescheid.« Sie hatte mit harter Stimme gesprochen und ihren Sohn dabei angeschaut.

Benny lächelte plötzlich. Er startete ein langsames Auseinanderziehen seiner Lippen, und dieses Lächeln empfand Janine nicht eben als angenehm. Es war hintergründig, vielleicht auch wissend. Benny schien mehr Ahnung zu haben, als sie nur annahmen.

»Worüber weiß er denn Bescheid?«

»Über alles.«

»Nein, das weiß er nicht. Du weißt es auch nicht. Das weiß einzig und allein nur ich!« Er sprach wie ein Erwachsener und deutete dabei auf seine Brust. »Ich weiß alles.«

»Über deinen Vater, wie?«

»Ja, Mr. Filmore. Über meinen Daddy. Ich habe sogar mit ihm gesprochen, als ich in meinem Zimmer war. Das können Sie glauben oder nicht.«

»Keine Sorge, Benny, ich glaube dir. Ja, ich glaube

dir, daß du mit deinem Vater gesprochen hast, denn das habe ich selbst gehört, als ich im Flur war.«

»Wie schön.«

»Und warum ist das schön?« wollte Janine wissen.

»Weil er mich besuchen kommt. Richtig besuchen, verstehst du?« Benny lachte schrill und bewegte sich voller Vorfreude. »Ja, er hat es versprochen, und wie ich meinen Vater kenne, wird er sein Versprechen auch halten.«

»Dann lebt er?«

Benny reckte Filmore das Kinn entgegen. »Das wissen Sie doch, Mister. Hätte ich sonst mit ihm gesprochen? Aber er lebt anders als ihr. Und ich möchte auch so leben wie er.«

»Wie lebt er denn? Wo lebt er? Wohin hat er sich zurückgezogen? In ein Versteck?«

»Ja, in ein besonderes.«

Amos Filmore nickte. »Das für uns nicht zu finden ist. Es liegt nicht in dieser Welt – oder?«

Benny hob die Schultern. Mehr wollte er nicht sagen und zeigte wieder sein Lächeln.

Janine griff wieder ein. »Hör zu, Benny, du kannst hier nicht den Verstockten spielen. Wir haben ein Recht darauf zu erfahren, wo sich dein Vater aufhält und was mit ihm geschehen ist. Nicht nur wir haben dieses Recht. Auch all die Menschen, die dein geliebter Daddy in den Jahren betrogen hat. Ja, betrogen. Er war gar nicht so nett und fein wie du ihn siehst. Er hat viele Menschen um ihr Erspartes gebracht und hat sich dann der Verantwortung entzogen. Du weißt selbst, wie oft die Polizei bei uns gewesen ist. Das haben die Leute bestimmt nicht nur aus Spaß getan.«

»Es ist mir egal.«

»Okay, du hast auch nichts damit zu tun gehabt. Wir möchten nur wissen, wo sich dein Vater jetzt aufhält. Er wird es dir bestimmt gesagt haben.«

»In einer besseren Welt.«

»Aber nicht allein.«

Benny lächelte. »Nein, er hat jemand gefunden. Ich kenne sogar ihren Namen. Sie ist sehr alt, aber sie ist auch sehr schön, wie er mir gesagt hat. Sie heißt Urania.«

»Die kennen wir nicht.«

»Ich auch nicht, aber Daddy mag sie. Sie hat ihn gerettet, und sie wird auch mich retten, denn er kann ohne mich nicht leben, hat er mir gesagt.«

»Hast du sie gesehen?«

»Noch nicht.«

»Was heißt das? Bekommst du sie zu Gesicht? Wird er sie eventuell mitbringen?«

»Ja, das kann sein. Er mag sie ja. Und ich bin wirklich gespannt auf sie.«

»Wie hast du denn deinen Vater gesehen?« wollte Amos Filmore wissen. »Wie hat er sich dir gezeigt? Mit seinem Körper? Ist er ein Mensch gewesen?«

»Er ist ein Geist«, flüsterte Benny. »Ein wunderschöner Geist. Ich habe es genau erkennen können. Er strahlt. Er leuchtet. Er ist richtig toll geworden.«

Die beiden Erwachsenen schauten sich an. Keiner von ihnen konnte die Erklärungen des Jungen begreifen, auch Janine nicht, obwohl sie Ross schon erlebt hatte.

»Wann kommt er denn?« fragte Filmore.

Der Junge überlegte nicht lange. Er drehte sich dabei und wies zur Tür. »Ich glaube, er ist schon da . . .«

Keiner sprach. Janine hatte sich wieder gesetzt. Der Sessel stand im günstigen Winkel zur Tür. Sie konnte hinschauen und sah auch in den halbdunklen Flur hinein, in dem sich etwas bewegte. Allerdings war noch nichts zu hören. Durch den Flur wanderte ein Schatten und näherte sich der Tür.

Es war nicht Ross Calderon. Weder in der einen, noch in der anderen Form.

Es war eine Frau.

Sie blieb stehen, schaute sich um, und nur der Junge sprach.

»Das ist Urania«, sagte er ...

Sie trug ein sandfarbenes langes Kleid mit einem spitzen, tiefen Ausschnitt und Schlitzen an den Seiten, die viel von ihren Beinen freigaben. Urania war keine Schönheit im eigentlichen Sinne, aber sie war interessant anzuschauen.

Ob ihr Haar silbrig oder blond war, ließ sich nicht genau feststellen. Darunter zeichnete sich ein rundes, etwas zu blasses Gesicht ab, mit Augen, die sehr groß wirkten. Auch deshalb, weil sie keine Pupillen besaßen. Sie waren einfach von Licht erfüllte Öffnungen. Blaß wie zwei Laternen, die erst in der Dunkelheit leuchteten.

Ein Mensch, kein Geist!

Janine und Amos dachten wohl das gleiche, denn es war ihnen anzusehen, wie sie sich entspannten. Filmore stieß den Atem schnaufend durch die Nase aus, und auch Janines Gesichtszüge verloren von der harten Spannung.

Sie wunderte sich selbst, daß sie ihren Sohn ansprechen konnte. »Soll das dein Daddy sein?«

»Nein, aber er ist trotzdem hier. Ich spüre ihn.« Seine Augen strahlten.

»Dann siehst du mehr als wir.«

Amos Filmore hatte seine Kehle freibekommen. Den Schweiß wischte er nicht weg. Die Frau übte eine eigenartige Faszination auf ihn aus. Sie brauchte nichts zu sagen. Ihn nur anzuschauen, und er kam sich vor wie ein anderer Mensch, der alles andere, was ihm bisher wichtig gewesen war, vergaß. Es war ihm auch nicht möglich, den Blick abzuwenden. Er mußte sie einfach anschauen, und so starrte er nur in ihr Gesicht.

»Amos, was ist mit dir?«

Filmore gab keine Antwort, obwohl sich Janine um ihn sorgte. Für ihn gab es nur die Neue. Er verspürte den dringenden Wunsch, aufzustehen und sie in die Arme zu schließen. Sie lockte, obwohl sie nichts sagte, und das faszinierte ihn.

»Gib Antwort!«

Das tat Filmore nicht. Er war unruhig geworden und rutschte leicht auf der Couch hin und her. Seine Lippen zuckten, jetzt lächelte auch er, und Janine Calderon wußte plötzlich, daß die Dinge dabei waren, sich anders zu entwickeln, als sie es sich vorgestellt hatte. Filmore war im Moment weniger wichtig. Ihr ging es um Benny. Deshalb stand sie auf und hielt ihn fest.

Benny wehrte sich nicht. Auch er war vom Zauber dieser Person gefangengenommen. Beide Erwachsenen hörten ihn flüstern. »Sie ist wirklich sehr schön . . .«

Als hätte Filmore nur dieses eine Stichwort gebraucht, so stand er mit einer heftigen Bewegung auf. Janine wußte, was ihr bevorstand, sie hätte auch versucht, ihn aufzuhalten, aber sie war nicht in der Lage dazu. Wenn überhaupt, dann mußte sie sich um Benny kümmern, der Nachbar war jetzt nicht so wichtig.

Zwischen Couch und Tisch blieb er stehen, den Blick unverwandt auf die fremde Person gerichtet. Er sah aus wie immer und war trotzdem zu einem anderen geworden.

Der erste Schritt.

Zögernd und auch leicht zitternd gesetzt. Er focht

noch einen innerlichen Kampf aus. Er wirkte wie jemand, der nicht wußte, ob er gehen oder stehenbleiben sollte.

Janine versuchte es ein letztes Mal. Mit flehender Stimme sagte sie: »Bitte, Amos, tu es nicht!«

Filmore achtete nicht auf sie. Janine und auch ihr Sohn waren vergessen, für ihn gab es nur diese Urania, deren Einfluß er sich nicht mehr entziehen konnte.

Er ging weiter.

Der Tisch lag hinter ihm. Danach konnte er sich freier bewegen. Auf seinem Gesicht lag ein seliger Ausdruck, und der Mund war zu einem starren, aber glücklichen Lächeln der Vorfreude verzogen.

Urania wartete ab. Sie brauchte nichts zu tun, denn sie konnte sich voll und ganz auf ihre Ausstrahlung verlassen. Der Mann kam von allein. Für ihn gab es keine Alternative mehr. Sie war so offen für ihn. Eine gewaltige Saugschüssel, die alles zu sich holte, was sie wollte.

Sein Seufzen war zu hören, als er sehr nahe an Urania herangekommen war. Er mußte sie jetzt noch intensiver spüren, und der Wille, endlich ganz zu ihr zu gelangen, war gewachsen.

Es war eine Situation, die Janine Calderon zuvor noch nie erlebt hatte. In ihrem Beisein und in ihrer Wohnung spielte sich etwas Unheimliches und so völlig Fremdes ab, das sie mit ihrer normalen Logik nicht fassen konnte. So ähnlich muß es auch Ross ergangen sein, schoß es ihr durch den Kopf.

Urania faszinierte und polarisierte. Entweder mochte man sie oder man spürte nur Haß. Einen Mittelweg gab es nicht. Amos Filmore mochte sie. Janine ging sogar noch einen Schritt weiter. Wenn sie ihn betrachtete, kam er ihr hörig vor.

Sie schaffte es, den Blick auf ihren Sohn zu lenken,

der dicht neben ihr stand. Benny hatte das Interesse an seiner Mutter verloren. Für ihn gab es nur mehr Filmore und diese Urania. Vor allen Dingen sie, denn an ihr klebte sein Blick. Er schaute sie staunend und fasziniert an, was seine Mutter nicht faßte. Es kam ihr schon so vor, als sähe er in ihr auch seinen verschwundenen Vater.

Ein Flüstern. Eine Stimme. Nicht viel mehr als ein Hauch. Aber zu verstehen.

»Komm ...«

Die Aufforderung hatte Filmore gegolten. Janine wollte noch eingreifen und ihn warnen, doch es war zu spät. So ging Amos Filmore seinen letzten Schritt.

Jetzt war er bei ihr!

Benny stöhnte auf!

Urania griff zu. Sie tat es langsam, denn sie wollte alles genießen. Sie umarmte den Mann. In ihrem Kleid hatte sie sich so gedreht, daß es der Stoff schaffte, sich zu verschieben. So war dann mehr von ihrem nackten Körper zu sehen. Ein Oberschenkel mit glatter, perfekter Haut, und Filmore wühlte seine rechte Hand dort in den Stoff hinein, unter dem sich ihre Brüste abzeichneten.

Sie hielt ihn fest, drückte sich gleichzeitig zurück und schob ihr Becken kreisend vor.

Es war ein unanständiges Bild, wie Janine fand. Regelrecht abstoßend wirkte es auf sie, aber die andere Person genoß es. Janine und ihr Sohn schauten zu. Sie konnten nichts tun. Darüber ärgerte sich besonders Janine. Sie hätte zwischen die beiden gehen und sie losreißen müssen, auch das war ihr nicht möglich. Sie war zum Zuschauen verdammt. Da gab es Kräfte, von denen sie einfach zurückgehalten wurde.

Urania küßte Amos.

Es war kein normaler, freundschaftlicher Kuß. Ihre Lippen klebten an seinem Mund. Sie saugten sich regelrecht fest, als wäre sie ein weiblicher Vampir, der das Blut einer anderen Person trank, um endlich leben zu können.

Sie hielt Filmore hart fest. Auch wenn er es gewollt hätte, er hätte sich kaum aus dieser Umklammerung lösen können. Außerdem wollte er es auch nicht.

Aber es ging weiter. In dieser aufgeladenen Atmosphäre des kleinen Wohnzimmers hatte das kalte Grauen Einzug gehalten. Noch immer hingen beide zusammen. In den Armen der Frau war Filmore zu einem willenlosen Werkzeug geworden.

Sie genoß es – und sie veränderte sich.

Es war die Verwandlung in das Eigentliche. Das Zurück zu den Wurzeln, zu ihrer Herkunft, die für einen normalen Menschen nicht zu fassen war.

Amos faßte sie. Er griff in den Stoff, er wollte die Haut streicheln. Er suchte auch Lücken, um mit ihr selbst in Kontakt zu kommen, während er sie noch immer küßte.

Es gab diese Lücken.

Aber es gab die Haut nicht mehr. Sie zog sich zusammen. Sie fiel ab, sie löste sich auf, wie auch immer. Genau konnten die beiden Zeugen es auch nicht beschreiben. Für sie war nur wichtig, daß Amos keinen normalen Körper mehr umschlungen hielt, sondern einen knochigen, eben ein Skelett.

Von großem Entsetzten begleitet schauten Benny und seine Mutter zu, wie sich auch der Kopf veränderte. Auch im Gesicht verschwand die Haut, als wäre sie von einem unsichtbaren Gegenstand weggeschabt worden. So kam das bleiche Gebein zum Vorschein. Helle Knochen, die leicht grau schimmerten. Da fehlte plötzlich die Nase, und auch die Lippen waren nicht mehr vorhanden, so daß Filmores Mund nur das bleiche Gebein küßte.

Janine Calderon wollte schreien. Sie wollte weglaufen. Sie wollte sich verstecken. In ihr tobte eine Hölle aus Gefühlen, die sie nicht unter Kontrolle bekam, weil eine andere Kraft stärker war. Janine wußte nicht, woher die Kraft kam, aber sie erhielt den Befehl zu bleiben. Sich nicht zu bewegen. Auf der Stelle zu stehen, immer nur zuzuschauen. Das Grauen weiterhin im Auge zu behalten.

Benny schaute auch hin.

Er lächelte selig. Er bewegte seine Lippen, über die schwache Worte drangen, auf die seine Mutter allerdings nicht achtete.

»Daddy, ich weiß es. Daddy, ich spüre dich. Du bist auch hier. Ich habe es gemerkt . . .«

Urania küßte weiter. Sie ließ ihr Opfer nicht los. Filmore umschlang die Gebeine. Jetzt schien auch er zu begreifen, was er sich damit angetan hatte. Sein Gesichtsausdruck veränderte sich. Zumindest in Höhe der Augen sah Janine das Zucken. Er war dabei, sich innerlich gegen diese Umarmung zu stemmen.

Ohne Erfolg.

Sie ließ ihn nicht los.

Und Urania zog diesen Menschenkörper zu sich hinein. Das war nicht möglich – oder doch?

Obwohl Janine Zeugin war, wollte und konnte sie dieses Phänomen nicht glauben. Es war einfach ungeheuerlich. Unmöglich. Was sie hier durchmachte, das war einfach nicht zu fassen. Ihre Augen weiteten sich noch mehr, der Herzschlag stockte oder schlug schneller, sie wußte es nicht, aber sie blieb eine Zeugin des Vorgangs, mit dem sie nicht zurechtkam.

Zuerst hatte Urania einen normalen Körper besessen, danach war sie zu einem Skelett geworden.

Und jetzt?

Janine hielt den Atem an. Das Skelett war nicht mehr vorhanden. Jeder Knochen fing an, sich aufzulösen. Die feste Masse glitt auseinander, und so entstand eine durchscheinende Gestalt, die nur aus flirrendem Licht oder Energie bestand.

Sehr kaltes Licht. Es blendete auch nicht. Es war einfach nur da. Und es veränderte sich.

Es zog sich in die Länge. Innerhalb kürzester Zeit hatte es sich in einen hellen und im Innern zittrig leuchtenden Schweif verwandelt, der eher in das Weltall gepaßt hätte als auf die Erde.

Ein Schweif, der sich an Filmore klammerte und dafür sorgte, daß auch dieser sich auflöste. Erst glitt das Licht um seinen Körper herum, dann verdichtete es sich, und es schaffte sogar, durch jede Pore einzudringen.

Es glitt hinein. Es nahm den Körper in seinen Besitz. Es leuchtet ihn aus.

Benny fing an zu lachen. Das Kichern klang hohl und auch irgendwie irre. Darauf achtete Janine nicht. Sie war gezwungen, hinzuschauen und mit anzusehen, was weiterhin passierte.

Zwei Menschen hatten sich in Licht verwandelt. In einen breiten und leicht gebogenen Strahl. Er schwebte gekrümmt durch das Zimmer. In seinem Innern wirbelten die Reflexe, doch das war nicht alles. Janine und Benny schauten zu, wie sich innerhalb des Strahls etwas abmalte. Sie sahen plötzlich Umrisse. Zuerst nur sehr schwach, wenig später nahmen sie Konturen an, und so konnten sich daraus Gesichter bilden.

Gesichter von Menschen!

Männergesichter.

»Daddy!«

Der Ruf des Jungen riß auch Janine aus der Erstarrung. Dieses Wort hatte sich wie ein Schwertstich in ihrem Bewußtsein ausgebreitet und zerrte sie zurück in die Gegenwart. Jetzt war sie in der Lage, genau hinzuschauen.

Es war Ross, ihr Mann, den sie innerhalb dieses kometenhaften Lichtstreifens sah. Unwahrscheinlich, auch unmöglich, aber es stimmte. Sie irrte sich nicht.

Sein Gesicht wirkte zwischen den anderen wie ein Aquarell. Jedes sah anders aus, doch alle glichen sich auf eine bestimmte Art und Weise. Es waren die Gesichter der Opfer, die in Uranias Falle gegangen waren. Jetzt nur noch Fratzen, da sie so in die Länge gezogen wurden. Offene Münder, weit geöffnete Augen, das alles war deutlich zu erkennen. Ebenso wie das neue Gesicht, das sich immer weiter in das Licht hineinschob und von ihm geschluckt wurde.

Amos Filmore!

Sein Kopf war leicht gedreht. Den Körper gab es nicht mehr. Er war innerhalb dieser funkelnden Lichtblitze verschwunden, nur seine Züge malten sich ab. Das einzig Persönliche, das es noch von ihm gab. Und sie waren so zur Seite gedreht, daß Janine Calderon sie anschauen konnte. Es gab nicht mehr den geringsten Zweifel für sie. Urania hatte ihr auch den anderen Mann geraubt.

Sprechen konnte sie nicht. Es gab keine Knochen mehr. Es gab nur diesen Schein, der hell war und trotzdem nicht blendete. Trotz ihres Zustandes suchte sie nach einem Vergleich. Ihr kam in den Sinn, daß der Mond oder die Sterne auf eine ähnliche Art und Weise strahlten.

Mehr dachte sie nicht. Sie sah auch nicht mehr, denn einen Moment später verschwand der Schein. Er war so schnell weg, daß sie ihn mit den eigenen Augen nicht verfolgen konnte. Sie bekam auch nicht mit, wohin er sich zurückgezogen hatte, jedenfalls war das Zimmer wieder leer und sah so aus wie immer.

Wie immer?

Für Janine war es unmöglich, sich wieder in der

Wirklichkeit zurechtzufinden. Es hätte jetzt die gesamte Wohnung abbrennen können, und sie hätte es kaum bemerkt.

Noch immer war sie erfüllt von dem, was sie gesehen hatte. Da tobten die Gedanken. Sie machten sich selbständig, sie drehten sich, und auch Janine konnte den Schwindel nicht mehr unter Kontrolle halten. Sie kippte langsam nach links und wäre sicherlich gefallen, hätte Benny nicht zugegriffen und sie gehalten.

Janine merkte es nicht einmal. Benny schob sie vor. Sie ging wie jemand, der in der Reha-Klinik wieder das Laufen lernt. Benny schob sie auf die Couch zu, auf die sie schwer fiel. Sie saß ungefähr dort, wo sie vor kurzem noch gesessen hatte.

Nur allein.

Es gab keinen Nachbarn mit dem Namen Amos Filmore mehr. Er war einfach geholt worden. Von einer fremden Kraft. Vom Licht und zugleich von einem Wesen.

Janine kam erst wieder zu sich, als sie etwas Kaltes an ihren Lippen spürte. Es war der Rand eines mit Wasser gefüllten Glases, das Benny geholt hatte.

»Du mußt jetzt trinken, Mummy, das ist besser.«

Sie tat es, ohne nachzudenken. Sie spürte die Kühle des Wassers durch ihre Kehle rinnen. Sie schluckte weiter. So lange, bis das Glas leer war.

Dann fiel es ihr aus der Hand.

Benny griff zu und fing es ab. Er stellte es auf den Tisch. Dabei schaute er seine Mutter an, die so totenbleich war und immer nur den Kopf schüttelte wie jemand, der nichts, aber auch gar nichts begreifen konnte.

Reden konnte sie nicht. Benny streichelte sie. Es glitt an ihr ab. Sie atmete durch den halb geöffneten Mund, und irgendwann wurden die Bilder des Erlebten schwächer, so daß sie wieder dazu kam, mehr an sich selbst zu denken.

»Was ist das gewesen, Benny?« hauchte sie.

»Es war Urania.«

»Ja, ja ... und dein Vater, nicht? Ich habe ihn gesehen. Ich sah sein Gesicht. So hell ...«

»Er ist bei ihr.«

»Wie auch die anderen – oder?«

»Ja, und Mr. Filmore.«

Kaum hatte Benny den Namen erwähnt, da schrak Janine zusammen. Sie erinnerte sich wieder an jede Einzelheit. Sie schüttelte den Kopf, als wollte sie das Bild verschwinden lassen, dann konnte sie nicht mehr und fing an zu weinen.

Benny saß neben ihr. Er wirkte wie eine Puppe, die jemand auf die Couch gesetzt und dann vergessen hatte. Ziemlich skeptisch schaute er seine Mutter an. Für ihn war es natürlich. Er hatte sich mit gewissen Dingen abgefunden und versuchte es auch, seiner Mutter näher zu bringen.

»Wir können nichts tun, Mum, wirklich nicht. Aber es ist nicht so schlimm. Du hast doch gesehen, daß Daddy lebt und jetzt bei dieser anderen ist.«

Das war zuviel für Janine. Sie hatte alles gehört. Sogar überdeutlich. Plötzlich sprang sie auf. Ihre Gefühle explodierten. »Ja!« brüllte sie. »Bei einer anderen! Ich habe es gesehen. Verdammt noch mal, ich habe es gesehen. Aber was ist das für eine andere Person, die erst als normaler Mensch hier erscheint, dann zu einem Skelett wird und sich letztendlich in Licht auflöst. Kannst du mir sagen, was das für eine andere Person ist, Benny?«

»Nein, aber ...«

»Es gibt kein Aber mehr, verflucht. Die nächsten sind wir. Glaube es mir, Benny.«

»Wäre das denn so schlimm?«

Sie fuhr herum. »Ja, Benny, ja, es wäre schlimm. Es wäre sogar eine Katastrophe! Verstehst du?«

»Kann sein.«

Sie schaute sich wild um. »Ich kann hier nicht mehr wohnen bleiben. Ich kann nicht mit dem Gedanken im Haus und in der Wohnung bleiben, daß hier etwas Schreckliches geschehen ist. Tut mir leid, Benny, das schaffe ich nicht. Wir müssen hier weg. Ich will nicht, daß wir die nächsten Opfer sind.«

»Dann wären wir bei Daddy!«

»Vergiß ihn endlich!« brüllte sie ihren Sohn an. »Vergiß deinen verfluchten Vater und ...«

Sie wurde unterbrochen, denn in diesem Moment schlug die Klingel im Flur an.

Beide schauten sich an. Janine hatte rasch einen Entschluß gefaßt. »Ich gehe nicht hin.«

»Vielleicht ist es ...«

»Sag nur nicht, daß es dein Vater ist!«

»Nein, nein!« Benny senkte den Kopf und drehte sich um. »Ich öffne trotzdem«, sagte er.

Janine Calderon sagte nichts. Sie sank zurück auf die Couch und schüttelte nur den Kopf.

Ein Junge, etwa zehn Jahre alt, öffnete und schaute uns erstaunt an. Suko und ich lächelten ihm zu. Wir wollten kein Mißtrauen aufkeimen lassen. »Heißt du Calderon?« fragte ich ihn.

Der Junge überlegte einen Moment. Er wirkte plötzlich sehr altklug. »Ja, ich bin Benny Calderon.«

»Das ist gut. Dann hätten wir gern deine Mutter gesprochen, falls sie zu Hause ist.«

»Sie ist zu Hause, Mister. Aber ich weiß nicht, ob meine Mutter Sie sprechen will. Mum ist nicht gut drauf. Ihr seid fremd. Ich kenne euch nicht. Ich darf keinen in die Wohnung lassen.«

Der Kleine reagierte prächtig. Dafür lobte ich ihn auch. Zugleich erklärte ich ihm, woher wir kamen und erkundigte mich, ob er unsere Ausweise sehen wollte.

Benny war überrascht. Er überlegte, kämpfte mit sich. Dabei blieb er still, doch unsere Stimmen waren in der Wohnung gehört worden, denn eine fragende Frauenstimme klang an unsere Ohren.

»Wer ist denn gekommen, Benny?«

»Zwei Männer, Mum!«

»Was?«

»Polizei!« rief ich, bevor sich Mrs. Calderon noch weiter erschrecken konnte.

Wir hörten auch keine Antwort. Statt dessen erschien sie selbst. Aus dem Halbdunkel des Flurs tauchte sie auf, und sie brauchte nicht einmal weit zu gehen, um uns erkennen zu lassen, daß es ihr gar nicht gut ging. Es war ihr anzusehen. Das Gesicht sah verweint aus. Die Wimperntusche war verschmiert. Ihr Blick flackerte. Möglicherweise deshalb, weil sie uns nicht einschätzen konnte.

»Sind Sie wirklich von der Polizei?«

Suko bestätigte dies.

Janine Calderon rieb ihre Hände gegeneinander. »Ich weiß nicht, was ich mit der Polizei zu tun haben könnte, wirklich nicht. Ich bin mir keiner Schuld bewußt.«

»Sie sind doch Mrs. Janine Calderon?« fragte Suko.

»Das schon.«

»Dann sind wir hier richtig.«

Davon war sie noch immer nicht überzeugt. »Worum geht es denn, bitte schön?«

»Um Ihren verschwundenen Mann!«

Die Antwort haute sie zwar nicht um, aber sie blieb starr stehen und lehnte sich für einen Moment gegen die Wand. So hatten wir Zeit, uns vorzustellen, zeigten auch die Ausweise, die Janine Calderon nicht zur Kenntnis nahm. Sie bat uns allerdings, hereinzukommen. Etwas verloren standen wir im Flur, bis Mrs. Calderon uns bat, in ein Zimmer zu gehen. Sie selbst ging vor.

Es war kein großer Raum. Er paßte zu der gesamten Wohnung, die nicht zu den besten gehörte. Wir wußten ungefähr, womit der verschwundene Ross Calderon sein Geld gemacht hatte. Sicherlich hatte er mit seiner Familie auch entsprechend gewohnt. Das hier war jetzt ein Absturz.

Im Wohnzimmer herrschte eine dumpfe Atmosphäre. Zumindest keine normale. Es war zu spüren, daß etwas geschehen war, und einiges davon war zurückgeblieben.

Wir nahmen Platz. Mrs. Calderon ließ sich vorsichtig in einen Sessel nieder. Benny blieb neben ihr stehen. Den Blick hatte er gesenkt. Wie jemand, der auf keinen Fall angesprochen werden wollte.

»Wenn Sie meinen Mann suchen, werden Sie ihn hier nicht finden.«

»Das glauben wir Ihnen gern«, sagte ich. »Er ist verschwunden, das steht fest, und Sie können sich auch nicht denken, wo wir ihn suchen sollten?«

»Nein, das kann ich nicht.«

Sie hatte die Antwort schnell gegeben. Beide glaubten wir ihr nicht so recht, aber wir konnten uns auch nicht vorstellen, daß sie uns bewußt belog. Janine Calderon war eine Frau, die Schweres durchgemacht und auch gelitten hatte. Daran hatte sie noch zu knabbern und schaffte es auch nicht, zu schauspielern. Etwas lag wie ein mächtiger Druck auf ihr, und das gleiche nahmen wir auch von ihrem Sohn Benny an, der ziemlich still war.

Wir mußten das Eis brechen oder vertrauensbildende Maßnahmen ergreifen. Ich fing damit an und erklärte ihr, wer wir waren und welcher Aufgabe wir nachgingen. Daß wir uns nicht mit den normalen Fällen beschäftigten, sondern mit den verzwickten Fällen, die nicht in das normale Raster hineinpaßten.

Daß sie zugehört hatte, bewies ihre Frage. »Von welchem Raster sprechen Sie?«

»Von einem besonderen. Von Dingen, die zumeist unglaublich erscheinen«, sagte Suko. »Wir wissen, daß es Vorgänge gibt, die mit dem normalen Verstand kaum erfaßt werden können. Da muß dann schon mehr dahinterstecken.«

»Wie bei meinem Mann?«

»Zum Beispiel.«

Sie verzog die Lippen, bevor sie fragte: »Was glauben Sie denn, was mit ihm passiert ist, wenn Sie sich schon mit derartigen Dingen beschäftigen? Was sagen Sie dazu?«

»Ich will ehrlich zu Ihnen sein«, sagte Suko. »Wir glauben, daß Ihr Mann zwar verschwunden ist, aber trotzdem noch lebt.«

»Stimmt!« flüsterte Benny.

»Sei still!«

Ich griff ein. »Nein, Mrs. Calderon. Sperren Sie sich nicht. Sie müssen begreifen, daß wir gekommen sind, um Ihnen zu helfen. Wir wollen Sie nicht mitnehmen und verhaften, wir wollen einfach nur, daß dieser unselige Spuk aufhört.«

Sie blieb still. Zumindest für die nächsten Sekunden.

Dann sagte sie: »Ich weiß auch nicht genau, ob Ross noch lebt oder ob er schon gestorben ist. Ich kann es Ihnen nicht sagen. Es ist alles so schrecklich, so anders und auch unfaßbar. Ich komme damit nicht zurecht. Es ist wider alle Gesetze. Ich weigere mich auch, Ihnen zu erzählen, was hier alles passiert ist. Das ist nicht zu fassen. Ich glaube eher an einen Alptraum und weiß zugleich, daß es keiner ist und ich das alles tatsächlich erlebt habe.«

»Sie haben Ihren Mann gesehen«, sagte ich.

»Ja!« bestätigte sie, um sich gleich darauf zu korrigieren. »Nein, eigentlich nicht.«

»Aber wir haben Daddy gesehen – und sie!«

Benny hatte uns auf den richtigen Weg gebracht. »War es die Alptraum-Frau, die sich Urania nennt?«

Der Junge brauchte uns keine Antwort zu geben. Seinem Gesichtsausdruck sahen wir an, daß wir genau ins Schwarze getroffen hatten. Die Erscheinung mußte sich hier in der Wohnung aufgehalten haben.

Mrs. Calderon schwieg. Sie blickte zur Seite, um uns nicht ansehen zu müssen. So blieb uns nichts anderes übrig, als und an den Jungen zu halten.

»Möchtest du uns helfen?« fragte Suko.

»Wie denn?«

»Warst du immer hier?«

Er deutete ein Nicken an.

»Dann hast du sicherlich alles mitbekommen und bist für uns der ideale Zeuge. Du solltest auch nicht vergessen, daß wir es gut mit euch meinen. Es ist etwas Schlimmes passiert. Wir aber sind unterwegs, um noch Schlimmeres zu verhindern. Wir denken schon, daß du uns dabei helfen kannst, Benny.«

Er traute sich nicht so recht. Verständlich bei einem Kind in seinem Alter. Deshalb fragte er auch bei seiner Mutter nach, um sich einen Ratschlag zu holen.

Mrs. Calderon wollte nicht sprechen. Sie gab durch ihr Nicken bekannt, daß sie nichts dagegen hatte, daß Benny redete. Der Junge war froh, seine Angst und seinen Frust loswerden zu können, und so sprudelte es aus ihm hervor. Er sprach schnell, manchmal wiederholte er sich auch, und er war dabei emotionsgeladen. Immer wieder mußte er eine Pause einlegen, und so erfuhren wir auch von einem Mann namens Amos

Filmore, der hier im Haus wohnte, ein Nachbar war, und den es jetzt nicht mehr gab.

»Hat die Erscheinung ihn mitgenommen?« fragte Suko.

»Ja, so ähnlich und trotzdem anders. Sie hat ihn einfach geschluckt. Wir haben es gesehen. Er ist zu ihr gekommen. Sie haben sich gedrückt. Dann hat sich Urania verändert. Sie ist wirklich zu einem Skelett geworden, und Mr. Filmore hat sie noch immer gedrückt. Bis dann auch das Skelett nicht mehr da war. Es ist zu Staub zerfallen oder zu Licht. Jedenfalls sah alles so ähnlich aus. Staub und Licht zusammen. Genau kann ich das nicht erklären. Aber das ist so gewesen, ehrlich. Und dann war alles weg.«

»Nicht nur der Staub, sondern auch Mr. Filmore?« fragte ich.

»Ja.«

»Was passierte dann?«

»Nichts mehr. Aber vorher habe ich meinen Vater gesehen. Ich habe ihn erkannt. Er war im Licht zu sehen.«

»Aber er war kein Mensch – oder?«

»Nein, Mr. Sinclair. Oder das weiß ich nicht. Er sah nur so ähnlich aus.«

»Hast du mit ihm gesprochen?«

»Das konnte ich nicht.«

»Und deine Mutter?«

»Auch nicht.«

Beide standen noch immer unter dem Eindruck des Erlebten, das noch nicht lange zurücklag. Aber sie wußten auch, daß sie nichts erreichen konnten. Sie selbst waren Schachfiguren in diesem Spiel, das von einer Urania ins Leben gerufen worden war.

Wer war diese Person?

Kara hatte von einem Wesen gesprochen, das aus Sternenlicht bestand. Das zudem von einem geheimnisvollen Planeten gekommen war, der einmal bei dem versunkenen Kontinent Atlantis eine große Rolle gespielt hatte. Kara schien noch mehr über Urania zu wissen. Möglicherweise beobachtete sie dieses Wesen aus Sternenlicht auch. Es war in die Welt der Menschen hineingedrungen wie ein wuchtig geschleuderter Speer, und es hatte große Wunden gerissen.

Wie begrenzt war seine Macht? Oder mußte ich sie schon als grenzenlos ansehen? Was würde mir passieren, wenn ich von ihr umarmt wurde? Wahrscheinlich belauerte uns Urania bereits aus dem Unsichtbaren und wußte, wie nahe wir schon an diesem Fall hingen.

Es war alles möglich. Auch weitere Taten ihrerseits, denn auf unserer Liste standen noch mehr Namen.

»Sie hat nicht zu erkennen gegeben, daß sie wiederkehren wird?« fragte ich den Jungen.

»Nein«, flüsterte Benny. Er deutet mit der Hand zur Decke. »Wie ein Strahl war sie dann verschwunden. Und sie hat alles mitgenommen, auch meinen Daddy.«

»Der aber mit ihm vorher gesprochen hat« meldete sich Janine Calderon. »Er hat es mir selbst gesagt. Ross ist seinem Sohn erschienen. Das kannst du den beiden Gentlemen ruhig sagen. Du hast öfter Kontakt zu deinem Vater gehabt. Du hast ihn gesehen, und ich beinahe ebenfalls.« Sie nickte uns zu. »Ja, das stimmt.«

»Wie haben Sie ihn denn gesehen, Mrs. Calderon?«

»Ich sah nur einen Schein, Mr. Sinclair, aber Benny hat mit Ross gesprochen.«

»Wir glauben deiner Mutter!«

»Habe ich auch!« erklärte er trotzig.

»Und was hat er zu dir gesagt?« fragte Suko.

Benny hob die Schultern. Er wollte nicht so recht mit der Sprache heraus. »Na ja, er war eben bei mir. Er hat gesagt, daß er noch da und nicht tot ist. Ich brauchte mir keine Sorgen zu machen. Er würde schon auf mich aufpassen, daß mir nichts geschieht.«

»Hat er auch über Urania gesprochen?« wollte ich wissen.

Benny nickte. »Das hat er. Er hat gesagt, daß er sich wohl fühlt, wenn er bei ihr ist. Er hat meine Mutter nicht gebraucht. Er wollte sie auch nicht mehr.«

»Hör doch auf, Junge!« rief Janine mit weinerlicher Stimme. »Laß es bitte sein!«

Ich drehte mich zu ihr um. »Ich weiß, daß es Ihnen nicht leichtfällt, Mrs. Calderon, das zu hören. Doch um der Sache willen, müssen wir darüber reden. Wir müssen dieses Grauen stoppen. Es darf einfach nicht weitergehen.«

»Was wollen Sie denn tun?« schrie sie mich an. »Was wollen Sie gegen derartige Kräfte unternehmen? Diese Urania ist eine Person, die ich nicht begreifen kann. Sie geht mir quer. Ich kann sie nicht begreifen! Ich verstehe auch nichts. Ich möchte nur meine Ruhe haben, das ist alles!«

»Sie wissen demnach auch nicht, ob Ihr Mann schon zu seinen Lebzeiten mit dieser Person Kontakt gehabt hat?«

»Nein, das weiß ich nicht. Vielleicht hat er das schon gehabt. Wenn ja, hat er zumindest mit mir darüber nicht gesprochen. Er hat sowieso sein Leben geführt. Ich kannte mich auch in seinen Geschäften nicht aus. Als dann der Zusammenbruch kam, stand ich völlig daneben und war einfach nur überrascht. Sie dürfen mich nicht danach fragen, was mein Mann beruflich und teilweise auch privat getrieben hat. Da bin ich wirklich überfordert, Mr. Sinclair.«

Ich nickte. »Ja, das scheint mir auch so zu sein. Ich bin ehrlich, wir sind es auch.«

»Ich mache Ihnen keinen Vorwurf, Mr. Sinclair. Wie sind Sie auf uns gekommen?«

»Ihr Mann ist nicht der einzige, der verschwand. Andere sind es ebenfalls. Ich habe keinen Beweis, doch ich denke, daß sich diese Urania nur einen bestimmten Personenkreis ausgesucht hat, an den sie heranging. Und zwar an Menschen, die allesamt suizidgefährdet waren. Die Selbstmord begehen wollten. Bei Ihrem Mann traf es auch zu, Mrs. Calderon, und das wissen Sie bestimmt.«

»Ja«, gab sie mit leiser Stimme zu. »Die Polizei hat mit mir darüber gesprochen. Aber ich konnte den Leuten nicht helfen. Ich wußte nicht einmal, daß mein Mann eine Waffe gehabt hat. Das habe ich von Ihren Kollegen gehört.«

»Wir denken, daß er dicht davorstand, sich das Leben zu nehmen. Geschäftlich war es ja bergab gegangen. Er sah keine andere Lösung mehr, und dann erschien Urania. Sie hat ihn davon abgehalten. Er war für sie das ideale Opfer. Sie hat diese Menschen gesammelt und in ihre Nähe gezogen. Das haben Sie schließlich mitbekommen, denn innerhalb des Lichts haben Sie ja nicht nur Ihren Mann gesehen, sondern auch noch andere Gesichter der Gestalten.«

»So ähnlich ist es gewesen«, gab die Frau zu und schüttelte zugleich den Kopf. »Ich kann nur nicht verstehen, was er von ihnen will. Was er mit ihnen vorhat.«

»Da stehen wir auch vor einem Rätsel.«

»Und wir finden«, sprach Suko weiter, »daß Sie uns möglicherweise helfen können. Sie und Ihr Sohn.«

Janine schnappte nach Luft. »Wir? Wieso denn wir? Das ist doch unmöglich. Das packe ich nicht. Nein, tut mir leid. Ich wüßte nicht, wobei wir helfen könnten.«

»Glauben Sie nicht, daß Urania oder Ihr verschwundener Mann noch einmal Kontakt mit Benny aufnehmen werden?«

»Das will ich nicht hoffen.«

»Er fühlt sich zu Ihnen hingezogen. Und sie auch. Mehr als zu den anderen. Wenn das eintritt ...«

»Nein!« fuhr sie mich an und stand hastig auf. »Nein, das auf keinen Fall. Ich will nicht, daß Sie Benny als einen Lockvogel ansehen. Was geschehen muß, wird geschehen, und wenn wir darunter zu leiden haben. Aber ich lasse mich nicht vor Ihren Karren spannen. Benny und ich kommen allein zurecht.« Um ihre Worte zu unterstreichen, legte sie die Arme um ihren Sohn. »Es tut mir leid, Ihnen das sagen zu müssen, aber ich möchte, daß Sie die Wohnung hier verlassen.«

Sie wollte es. Wir konnten uns nicht wehren und nur noch einmal darauf hinweisen, daß die Gefahr groß war.

Janine Calderon ließ sich nicht beirren. »Tut mir leid, aber wir kommen schon zurecht. Wir haben uns für ein anderes Leben entschlossen und werden deshalb ...«

Ich startete einen letzten Versuch. »Aber Ihr Mann will etwas von Benny. Möchten Sie denn, daß er das gleiche Schicksal erleiden soll wie Ross?«

»Das wird nicht geschehen.«

»Was macht Sie so sicher?«

»Weil es sonst schon passiert wäre.«

Ich wollte von Benny eine Antwort erhalten. Er aber schaute zu Boden und schwieg.

Wir wußten mehr, aber wir waren keinen Schritt weitergekommen, und das ärgerte uns. Letztendlich konnten wir Mrs. Calderon nicht zwingen, mit uns zusammenzuarbeiten.

Deshalb verließen wir ziemlich frustriert die Wohnung.

»Ross Calderon, Claudia Burns, jetzt auch Amos Filmore. Sie alle sind von der Alptraum-Frau geholt worden«, zählte ich auf. »Wer ist der oder die nächste?«

Suko, der das Lenkrad übernommen hatte, hob die Schultern. »Aus dem Kopf kann ich dir das nicht sagen. Wir müssen uns die Liste anschauen. Die Personen der Reihe nach durchgehen. Mit Verwandten, mit Freunden und Bekannten reden ...«

Ich unterbrach ihn. »Verdammt noch mal, das genau will ich aber nicht. Es kostet Zeit. Wir rennen sowieso schon hinterher. Ich will nicht, daß Urania durchdreht und sie der Reihe nach holt oder auch nicht der Reihe nach. Außerdem weiß ich nicht, was dieser Nachbar Filmore mit den Calderons zu tun hatte? Ich bekomme da keinen Sinn hinein. Er war weder verwandt noch ...«

»Moment.« Suko unterbrach meine Ausführungen. »Wie ich die Dinge sehe, hat er sich nach dem Verschwinden des Ross Calderon sehr um dessen Frau gekümmert. Als Freund, als Tröster, wie auch immer. Das können wir nicht in die Reihe bekommen. Fest steht, daß sich die beiden wohl nicht so gleichgültig waren. So etwas konnte ein Halbblinder sehen.«

»Sehen oder hören?« Ich war pingelig geworden.

»Meinetwegen nur hören. Ich nehme zumindest an, daß die beiden etwas miteinander hatten. Deshalb ist Filmore auch von dieser Gestalt geholt worden.«

»Und warum?« Ich schlug auf meinen rechten Oberschenkel. »Was steckt dahinter? Warum holt sich diese Urania so viele Menschen?«

»Das weiß ich nicht.«

»Sie frißt und schluckt sie ja.«

Suko stoppte, weil vor uns ein Lastwagen stand, der entladen wurde und wir wegen des übrigen Verkehrs noch nicht an ihm vorbeikonnten. »Sie braucht

Menschen. Wir haben es gesehen, wie sie sich Claudia Burns holte. Da hat sie reagiert wie ein Ghul. Sie braucht die Menschen, um auch weiterhin als Alptraum-Frau existieren zu können. Was mich wiederum auf den Sternenstaub bringt.«

»Ach ja? Wie denn?«

Er lächelte schmal. »Hat Kara dir nicht gesagt, daß wir alle aus Sternenstaub bestehen? Alles um uns herum ist aus dem Staub entstanden. Die Erde, das Wasser, die organische Natur ebenfalls, zu der wir Menschen gehören. Das gesamte All ist aus Sternenstaub entstanden.« Er fuhr wieder an, weil der Weg jetzt frei war.

»Gratuliere, Suko. Hätte nie gedacht, daß du dich dafür interessierst. Alle Achtung.«

Er winkte ab. »Hör auf, John. Es ist doch so. Wenn du darüber liest, dann mußt du umdenken. Es ist komisch, aber nicht zu ändern. Letztendlich ist alles aus Sternenstaub entstanden. Daraus hat es sich entwickelt. Das allgemein.«

»Und was haben wir davon? Wir sind kein Sternenstaub mehr? Wir haben uns weiter entwickelt, sind nicht auf der Grundstufe, die aus Gas und Licht besteht, stehengeblieben. Aber was ist mit Urania? Wen haben wir da vor uns?«

»Soll ich von einer Fehlentwicklung sprechen?«

Ich mußte lächeln. »Wenn ja, dann von einer gezielten. Ist egal«, sagte ich dann. »Was wissen wir überhaupt? Uns ist bekannt, daß Urania erscheint und Menschen zu sich holt. Sie zerrt sie an sich. Sie erscheint in normaler Gestalt. Sie sieht sogar gut aus. Sie umgarnt Menschen und holt sich diejenigen, die mit dem Gedanken spielen, sich das Leben zu nehmen. Die haben nichts zu verlieren und sind demnach bei ihr gut aufgehoben. Sie werden in den Kreislauf eingeführt. Das reicht Urania nicht. Sie will immer wieder Opfer haben. Da reagiert sie dann wie ein Vampir. Und sie bekommt sie auch, denn sie holt sich die Leute, die den ersten Opfern sehr nahestanden. Sie lädt sich also auf. Gleichzeitig läßt sie das eine oder andere Opfer mit den noch lebenden Verwandten Kontakt aufnehmen. Sie bringt deren Leben durcheinander. Das Opfer ist nicht tot im eigentlichen Sinne, es ist nur zurückgeführt worden in einen uralten Zustand. Liege ich da auch deiner Meinung nach richtig?«

»Ja.«

»Sehr schön.«

»Das klingt, als wüßtest du trotz allem nicht weiter.«

Suko krauste die Stirn. »So ist es auch. Sag nur nicht, daß du es packen kannst.«

»Nein.« Ich schüttelte den Kopf. Dann nahm ich mir die Zeit, durch das Fenster zu schauen, ohne die Umgebung allerdings richtig wahrnehmen zu können. Ich war mit den Gedanken woanders, denn Suko hatte ein interessantes Thema angeschnitten. Ich wußte wirklich nicht, wie wir diese Alptraum-Frau stellen sollten. Das Geschöpf Urania war uns in allen Belangen überlegen. Wir waren die Menschen mit einem Brett vor dem Kopf. Unser Geist, unsere Vorstellungskraft, unsere Phantasie reichten einfach nicht aus, um eine Lösung zu finden. Sie konnte weder durch meine Kugel, noch durch das Einsetzen meines Kreuzes gestoppt werden. Es gab keine Waffe, die wir kannten.

Suko fragte: »Denkst du das gleiche wie ich?«

»Wahrscheinlich. Ich zermartere mir den Kopf darüber, ob es für uns einfache Menschen überhaupt eine Chance gibt, dieser Urania den Garaus zu machen.«

»Herrlich. Garaus ist gut.«

»Ich kann ja sagen, sie zu ...«

Da meldete sich mein Handy. Wir befanden uns auf dem Weg zum Büro. Ich rechnete fest mit einem Anruf meines Chefs, der sicherlich schon ungeduldig war. Mit nicht eben forsch klingender Stimme meldete ich mich und hörte das leise Lachen einer Frauenstimme.

Im ersten Moment war es mir nicht möglich, sie zu identifizieren. Erst als sie sprach, wußte ich, daß Kara mich angerufen hatte. »Habe ich dich auf dem falschen Bein erwischt, John?«

»Nein, auf beiden falschen.«

»Es ist also schiefgelaufen.«

»Du sagst es.«

»Habt ihr Kontakt mit Urania gehabt?«

Ich verzog das Gesicht. »Und wie wir Kontakt hatten. Nur war das nicht eben angenehm. Wir haben sie mittlerweile erlebt und wissen nun, daß wir beide keine Chance gegen sie haben. Zumindest fällt uns kein Mittel gegen sie ein.«

»So habe ich mir das gedacht, John.«

»Wie tröstlich.«

»Laß deine Ironie, John. Die Sache ist wirklich zu ernst. Urania kennt keine Grenzen mehr. Sie dreht durch. Sie will jetzt alles.«

»Das hatten wir uns gedacht. Trotzdem muß es weitergehen. Du hast uns auf Urania gehetzt. Wir haben erlebt, wie hilflos wir gegen sie sind. Und wir wissen jetzt, wie Sternenstaub aussieht. Um es auf einen Nenner zu bringen, wir wissen nicht mehr weiter.«

»Damit habe ich gerechnet.«

»Sehr schön, wirklich. Was schlägst du vor?«

»Wo erreiche ich euch jetzt?«

»Im Auto.«

»Gut, ich bin bei dir in der Wohnung, John. Kommt bitte so schnell wie möglich her.«

»Das hört sich an, als wüßtest du mehr.«

»Kann sein.«

»Gut, dann ändern wir unseren Plan und fahren nicht ins Büro.« Ich unterbrach die Verbindung und wandte mich an Suko. »Du hast gehört, was sie gesagt hat?«

»In Fragmenten.«

»Gut. Kurswechsel. In die Wohnung. Dort wartet Kara.«

Begeistert war Suko davon nicht. »Hat sie uns nicht erst vor kurzem besucht?«

»Richtig. Ich hoffe nur, daß sie uns jetzt einen Schritt weiterbringen kann.«

»Einer ist zu wenig, John.«

»Das befürchte ich auch.«

Kara hatte uns nicht angelogen. Sie wartete tatsächlich in meiner Wohnung auf Suko und mich. Als wir das Wohnzimmer betraten, saß sie im Sessel und lächelte schmal.

Kara erinnerte mich an eine Gestalt aus einem Kostümfilm. Wieder trug sie das lange Kleid, diesmal in einem dunklen Blau. Das dunkle Haar hatte sie nach hinten gedrückt und es dort mit einem Band zusammengebunden. Das Schwert mit der goldenen Klinge trug sie wie immer bei sich. Sie hatte es gezogen und quer über die beiden Lehnen des Sessels gelegt. Beim Anblick dieser speziellen Waffe fiel mir ein, daß ich ebenfalls der Besitzer eines Schwertes war. Es hatte einmal König Salomo gehört. Ich fragte mich, ob es wohl eine Waffe gegen Urania war.

»Schön, daß ihr schon hier seid«, sagte Kara, als wären wir der Besuch und nicht umgekehrt.

»Wir sind fast geflogen«, erwiderte Suko.

»Das war auch wichtig.«

Beide horchten wir auf. Sagten nichts, sondern warteten darauf, daß Kara fortfuhr. Den Gefallen tat sie uns auch. »Urania weiß inzwischen, daß es zwei Menschen gibt, die ihr auf den Fersen sind. Es ist klar, daß sie so etwas nicht haben kann, und sie wird sich dementsprechend verhalten. Ich wundere mich sowieso, daß sie so lange gewartet hat. Deshalb habe ich euch ja angerufen. Ich wollte vor allen Dingen herausfinden, ob ihr noch am Leben seid.«

»Das siehst du ja.«

»Es war Glück, John.«

»Warum?«

»Weil sie sich zunächst um andere Dinge kümmern mußte. Jetzt hat sie wohl freie Bahn.«

Ich schaute Kara scharf an. »Du weißt wirklich viel, Kara, alle Achtung. Bestimmt mehr als wir. Hast du uns bewußt in der schwarzen Tinte herumtappen lassen?«

»Nein, das käme mir nie in den Sinn. Ich weiß auch, wie gefährlich Urania ist. Käme es durch sie zu einer Umarmung mit euch, ihr hättet keine Chance. Beide nicht. Dein Kreuz ist wertlos. Urania ist ein Phänomen. Sie kann ein Mensch sein, aber zugleich auch etwas anderes, wobei ich sie nicht als Geist bezeichnen will.«

»Als was dann?«

»Sie ist eine besondere Person. Ich habe schon vom Sternenstaub gesprochen. In der Tat besteht sie daraus, aber sie schafft es auch, diesen Zustand zu überwinden. Wenn wir davon ausgehen, daß dieser Sternenstaub nicht unbedingt als Masse zu bezeichnen ist, sondern als Energie, dann schafft sie es, Energie in Masse zu verwandeln.«

»Alle Achtung«, sagte ich. »Der Traum aller Physiker. Wie ist es bei ihr möglich?«

»Magie.«

»Damit wären wir beim Thema. Woher stammt sie? Sie heißt Urania. Kommt sie vom Planeten Uranus?«

»Das weiß ich nicht«, erwiderte Kara. »Gehen wir davon aus, daß sie von den Sternen kommt, auch den Planet der Magier kennt, und sich immer danach orientiert hat, wo sie Menschen finden kann. Sie braucht diese Menschen. Menschen sind ihre Energiequelle. Sie sorgt dafür, daß sie in ihren ursprünglichen Zustand zurückfallen, eben in Sternenstaub. Darin ist sie groß.«

»Alles klar bisher. Nur was hat der Sternenstaub mit Magie zu tun? Das verstehe ich nicht.«

»Hör genau zu, John. In ihr steckt nicht der normale Sternenstaub, sage ich mal. Sie hat welchen gehortet, der verändert wurde. Magisch verändert. Der aus dem Bösen entstanden ist. Ihr wißt selbst, daß das Böse so lange auf der Welt haust, seit es sie gibt. Urania ist möglicherweise älter, aber sie hat auf ihren langen Reisen durch Zeit und Raum immer wieder die Erde besucht und ist auch von ihr beeinflußt worden. Zwar ist sie kein Kind der Erde, doch sie hat viel davon aufgenommen und es für sich verarbeitet. Auch ihre Kraft ist nicht unendlich. Sie muß ihren Motor immer wieder aufladen, und das geschieht, in dem sie sich an die Menschen wendet. In ihnen steckt die Kraft, die Urania braucht, um auch die folgenden Zeiten über existieren zu können.«

»Wenn ich dich richtig verstehe, Kara«, sagte Suko, »Hat sie das schon immer getan.«

»Ja, so lange es Menschen gibt. Sie war immer mal da und hat sich dann wieder zurückgezogen. Sie suchte sich die Menschen aus, die es ihr leicht machten. Personen, die mit dem Leben nicht zurechtkamen und kurz davor standen, sich selbst umzubringen. Durch sie hat sie dann ihre Energiequelle gefüllt. Jetzt ist sie wieder dabei. Ich weiß nicht, vor wie vielen Jahren sie es zuletzt getan hat, aber in dieser Zeit ist sie auf euch getroffen.«

»Du kennst sie aber besser«, sagte Suko.

»Ja und nein. Ich kenne sie einfach noch zuwenig. Ich habe nur von ihr gehört. Ich habe sie nie direkt erlebt und hatte niemals einen intensiven Kontakt zu ihr. Wir waren uns manchmal nah, aber immer fremd. Es passierte auch während meiner langen Reise durch die Zeiten, als ich den Trank des Vergessens zu mir genommen habe. Da spürte ich sie. Da merkte ich ihre böse Ausstrahlung. Zu einem Kontakt zwischen uns beiden ist es allerdings nie gekommen.«

Ich stellte Kara eine rein hypothetische Frage.

»Hättest du denn einen Kampf gegen sie gewonnen?«

»Das weiß ich nicht, John.«

Suko fragte weiter. »Und wie beurteilst du unsere Chancen, wenn du ehrlich bist?«

Kara senkte ihren Blick. Das war im Prinzip schon Antwort genug.

»Haben wir welche?«

»Ich kann es euch nicht sagen. Ich glaube nur, daß sie euch als nächste Opfer ausgesucht hat. Sie wird euch nicht in Ruhe lassen. Dabei spielt es auch keine Rolle, ob ihr suizidgefährdet seid oder nicht. Sie muß euch aus dem Weg schaffen.«

Ich schaute unwillkürlich zum Fenster, hinter dessen Scheibe sich natürlich nichts zeigte. »Dann brauchen wir also nur hier zu warten. Kommen wird sie auf jeden Fall.«

»Das könnte sein. Aber findet ihr den Platz hier optimal?«

»Nein«, sagten Suko und ich wie aus einem Mund.

»Das ist gut.« Plötzlich konnte sie wieder lächeln, im Gegensatz zu uns. »Ich dachte mir, daß wir sie an einen Ort locken, an dem wir auch stark sind. Oder zumindest stärker sind. So etwas ist durchaus möglich, denke ich. Egal, wo ihr seid, sie wird immer hinter euch her sein. Da kann es nur von Vorteil sein, daß wir uns den Ort aussuchen.«

»Dann weißt du schon, wo das sein wird?« fragte ich.

»Ja. Bei mir. Bei uns. Bei den Flammenden Steinen.«

Aha, deshalb also war sie gekommen. Ich hätte es mir denken können, denn Kara erschien nie, ohne einen kleinen Trumpf in der Hinterhand zu haben.

»Nun, wie gefällt euch der Vorschlag?«

Suko lachte. »Können wir denn ablehnen?«

»Sicher. Nur wäre es nicht gut.«

Der Meinung war ich auch und fragte deshalb: »Wann sollen wir die Reise antreten?«

»Sofort. Und es ist auch nicht nötig, daß ihr euch abmeldet.« Damit spielte sie auf unseren Chef, Sir James Powell, an. Sie erhob sich. »Wir können sofort abreisen.«

Es würde keine Reise werden, wie man sie normalerweise kannte. Kein Zug, kein Auto, kein Flugzeug. Es war eine magische Reise, die bei den *flaming stones* endete.

Die Prozedur kannten wir. Kara stemmte ihr Schwert mit der Spitze gegen den Boden. Es war so etwas wie ein Startzeichen. Von nun an sprach niemand von uns mehr ein Wort.

Suko und ich blieben vor ihr stehen. Beide Hände hatte Kara auf den Griff des Schwertes gelegt, und wir legten unsere Hände auf ihre Handrücken.

Der Kontakt war somit geschaffen worden.

Kara konzentrierte sich.

Sie und das Schwert mit der goldenen Klinge mußten eine Einheit bilden. Erst wenn das geschehen war und auch noch die Kraft der Flammenden Steine hinzukam, war die magische Brücke endgültig aufgebaut.

Wir schlossen die Augen. Jeder mußte sich konzentrieren. Suko und Kara schafften dies bestimmt besser als ich, denn ich war einfach zu nervös.

Nicht mehr lange. Etwas drang in meinen Körper hinein wie ein sanfter Stromfluß. Das Kribbeln ließ keine Stelle aus. Von der Stirn bis hin zu den Zehen war es zu spüren. Ich merkte, wie ich allmählich leichter wurde. Der Kontakt mit dem Boden ging verloren. Ich hatte einen Schwebezustand erreicht, und den beiden anderen erging es nicht anders. Wir alle glitten dem Punkt entgegen, der für uns sehr wichtig war, und den wir überspringen mußten.

Noch einmal schaute ich auf den Fußboden.

Er war nicht mehr da!

Und wir wenige Augenblicke später auch nicht. Zuletzt wurde der Strom warm, dann hatte ich das Gefühl, mich aufzulösen. Kein Körper mehr, nur noch Geist – und das unbestimmte Gefühl einer Angst …

Der feste Boden. Das Denken, das wieder normal funktionierte. Die andere Luft, die ich beim Einatmen spürte. Sie war so weich, so wunderbar warm, und ich wußte auch, daß sie sich niemals verändern würde, denn sie gehörte zum Gebiet der Flammenden Steine, in dem ewiger Frühling herrschte und es keine Jahreszeiten gab. Überhaupt war diese Gegend völlig anders als die normale Welt, obwohl sie innerhalb dieser normalen Welt lag. Die Steine, die auf einem Rasen standen, der wie ein grüner Teppich wirkte. Der kleine Bach mit dem ewig frischen Wasser. Die beiden Hütten, in denen Kara, Myxin, der Eiserne Engel und seine blinde Partnerin Sedonia lebten.

Das alles bildete diese Welt, die zugleich eine magische Zone darstellte, denn für die Augen eines normalen Menschen war dieses Gebiet nicht sichtbar, das irgendwo in Mittelengland lag.

Wie immer nach einer derartigen Reise fühlte ich mich ein wenig benommen und hatte Mühe, mich zurechtzufinden. Das ging schnell vorbei. Ich konnte wieder lächeln, denn mich lächelte ebenfalls jemand an, der mich auch begrüßte.

»Ich freue mich, dich zu sehen, John.«

Myxin, der kleine Magier, hatte gesprochen. Er stand vor mir, er freute sich wirklich, und er sah aus wie immer. Einer wie er alterte nicht. Wie auch, denn er gehörte, ebenso wie die Schöne aus dem Totenreich, zu den Personen, die schon seit mehr als 10.000 Jahren lebten. Die Atlantis kannten und auch das Umfeld des untergegangenen Kontinents.

Er kam auf mich zu. Wir umarmten uns. Ich sagte: »Es ist lange her, Myxin.«

»Stimmt, John.« Das Gesicht mit der leicht grünlich schimmernden Haut verzog sich zu einem Lächeln. »Aber ich denke nicht, daß wir nichts wissen. Wir haben dich schon aus einer gewissen Distanz beobachtet, aber es gab keinen Grund für uns, einzugreifen. Wir wissen auch, welch schweres Schicksal hinter dir liegt, John, und haben mit dir gefühlt.«

Damit hatte er auf den Tod meiner Eltern angespielt. Ich bedankte mich mit leicht kratziger Stimme. Auf dem breiten Gesicht des kleinen Magiers erschien ein Lächeln. Er trat zurück, um Suko zu grüßen.

Kara stand in der Nähe. Ich vermißte den Eisernen Engel und auch Sedonia.

»Wo stecken die beiden anderen?«

Kara hob die Schultern. »Sie sind unterwegs. Der Eiserne kümmert sich rührend um Sedonia. Sie hat ihr Augenlicht verloren. Trotzdem möchte er, daß sie alles so erkennt und sich in der Welt zurechtfindet wie ein Sehender. Das braucht Zeit und Geduld. Im Moment sind wir nur zu viert hier. Aber ich werde die beiden grüßen, wenn sie zurückkehren.«

»Ja, darum bitte ich.«

Suko, der pragmatischer dachte, fragte: »Und wie geht es jetzt weiter?«

Kara hob die rechte Hand. »Myxin und ich werden uns aus dem Spiel heraushalten.«

Das paßte mir nicht. Schließlich waren sie zwei Personen, die uns unterstützen konnten. »Warum wollt ihr das tun? Ich meine, Kara, du hast berichtet, wie gefährlich Urania ist und . . .«

»Es ist eure Sache.«

»Sehr schön. Wir wollen also hier auf sie warten. Oder sehe ich das falsch?«

»Nein, nicht hier, sondern dort.« Sie deutete auf das Viereck innerhalb der Steine. Sie wuchsen nicht kerzengerade gegen den bläulich-blassen Himmel, sie waren auch nicht krumm, sie zeigten nur keine glatten und geschliffenen Seiten. Sie waren wie Felsenstücke gezeichnet. Durch Risse, Unebenheiten und auch Poren, die manchmal schimmerten wie Einschlüsse.

Mir war bekannt, wie sehr sich die Steine veränderten, wenn sie sich mit ihrer magischen Kraft füllten. Dann strahlten sie letztendlich in einem tiefen Rot. Dann wurde zwischen ihnen eine Kraft wirksam, die kaum begreifbar war. Da entstand ein Strom, den ich mir selbst nicht erklären konnte und auch nicht wollte. Jedenfalls sorgten sie dafür, daß uns Reisen in die Vergangenheit gelangen, zum größten Teil auf den alten Kontinent Atlantis.

»War Urania schon einmal hier?« fragte ich.

Kara hob die Schultern. »Das wissen wir nicht. Gesehen haben wir sie nicht. Aber es ist durchaus möglich. Urania ist mächtig, sehr mächtig sogar. Sie kennt Mittel und Wege, überall hinzukommen. Sie findet die Menschen, die sie finden will, und auch ihr seid da keine Ausnahme. Vertraut auf euch, vertraut auf die Steine. Bleibt in ihrem Schutz, wenn Urania erscheint, mehr kann ich euch nicht sagen.«

»Und wie sehen unsere Chancen aus?« erkundigte sich Suko, der ein skeptisches Gesicht zog.

Kara zuckte die Achseln. »Da kann ich euch beim besten Willen nichts raten. Wenn es Chancen gibt, dann müßt ihr sie nutzen. Das ist alles. Die Kraft der Steine wird euch helfen.«

Mehr wollte sie nicht sagen. Sie gab Myxin, der uns noch einmal zulächelte, ein Zeichen, danach zogen sich beide zurück. Sie gingen zu ihrer Hütte. Auf deren Dach hatte sich das matte Licht der Sonne verteilt und ließ es leicht golden schimmern.

Suko und ich fühlten uns nicht wohl in der Haut. »Ich will ja nichts an die Wand malen«, sagte Suko, »aber ich habe mich hier schon wohler oder beschützter gefühlt. Mir kommt es vor, als kämen Kara und Myxin mit den anstehenden Problemen selbst nicht zurecht. Oder siehst du das anders?«

»Nein. Sie wissen nicht genau, was passieren kann. Das ist eben die Tragik. Auch sie vertrauen auf die Kraft der Steine, die allen zerstörerischen Angriffen bisher getrotzt haben, aber trotzdem ist es heute anders. Den Gegner kennen wir. Trotzdem ist er uns unbekannt, ebenso wie den beiden.«

»Das riecht nach einem verlorenen Posten.«

»Abwarten.«

Es war still geworden. Wir hörten nur das Murmeln des Bachs. Es war so herrlich warm. Ich hätte mich am liebsten auf den Rasen gelegt und in den hellblauen Himmel geschaut. Dazu war heute nicht der richtige Zeitpunkt. So sehr uns die Umgebung mit ihrem Anblick auch verwöhnte, es würde bald um unser Leben gehen. Das in dieser Lage zu begreifen, war nicht einfach.

Ohne ein Wort miteinander zu sprechen, gingen wir

nebeneinander auf die Steine zu. Sie bildeten die Ecken eines Quadrats. Dazwischen wuchs ebenfalls der Rasen, aber wir wußten auch, daß magische Linien entstanden, wenn etwas Bestimmtes eintrat. Diese Linien zeichneten sich auf dem Boden ab und verbanden die Steine miteinander, die anschließend von einer rötlichen Farbe gefüllt wurden.

Suko und ich stoppten und standen uns so gegenüber, daß wir uns anschauen konnten. Niemand von uns sprach. Wir waren konzentriert und völlig auf uns allein gestellt. Kara und Myxin hielten sich zurück. Es war einzig und allein unsere Sache, wie wir mit den Dingen fertig wurden, die vielleicht bald eintreten würden.

Ich behielt zwei Steine im Blick, Suko ebenfalls. Wir sprachen nicht mehr miteinander und versuchten, uns zu konzentrieren. Die Steine zu aktivieren, war uns in diesem Augenblick nicht möglich. Das wollten wir auch nicht, denn die Alptraum-Frau sollte uns ja finden und nicht umgekehrt.

Zeit verstrich.

Nichts passierte.

Nur die Stille blieb. Manchmal bewegten sich die Spitzen des Grases, wenn der sachte Wind sie kämmte. Auch die Steine blieben wie sie waren. Keine Veränderung war zu sehen. Kein Röten der Einschlüsse, einfach nichts.

Abwarten ...

Sie war uns auf der Spur. Wenn Kara recht behielt, würde sie uns überall finden. Ihre eigentlichen Pläne hatte die Alptraum-Frau zurückgestellt, weil wir ihr in die Quere gekommen waren und sie nicht wollte, daß wir uns um ihre späteren Opfer kümmerten.

So sah ich die Dinge, und damit lag ich vermutlich richtig. Suko warf mir einen Blick zu. Er lächelte. »Wird sie kommen?« fragte er.

»Bestimmt.«

»Die Steine zeigen nichts.«

Ich hob die Schultern. »Kann sein, daß sie ihre Magie umgeht und plötzlich vor uns steht.«

Das war nicht übertrieben, denn Suko kam nicht mehr dazu, eine Antwort zu geben. Auf einmal war Urania da. Es war wie in einem Geisterfilm. Zwischen Suko und mir entstand plötzlich eine helle Spirale, die uns vorkam, als wäre sie vom Himmel gestoßen. Sie drehte sich flirrend um ihre eigene Achse, ich spürte den kalten Schauer auf meinem Körper, und in der folgenden Sekunde wandelte sich Energie in Materie um, denn aus der Spirale hervor bildete sich eine Person, eine Frau, eben Urania. Und sie sah so aus wie wir sie schon bei Claudia Burns erlebt hatten ...

Es gab genügend Platz zwischen den Steinen. Urania hatte sich so hingestellt, daß sie von mir ebenso gesehen werden konnte wie von meinem Freund Suko. Die Distanz zu ihr war für uns gleich.

Ich schaute sie an, ohne mich dabei zu bewegen. Das silbrige Haar, die weißen Augen, in denen sich das Licht der Sterne gefangen hatte und sicherlich so etwas wie ein Kraftreservoir war, das lange Kleid, sandfarben, und an gewissen Stellen geschlitzt, das Lächeln auf dem Mund, alles wirkte so normal und menschlich, so daß ich den kalten Laternenblick ihrer Augen vergaß.

Sie sprach nicht, und auch wir blieben ruhig. Beide wußten wir, daß sie nicht stumm bleiben würde. Aber sie hatte sich noch nicht entschieden, denn ihre Augen bewegten sich. Der Blick traf einmal Suko, dann mich, als müßte sie sich noch entscheiden, wen sie sich zuerst vornehmen wollte.

Und sie sprach. Mit einer normalen menschlichen

Stimme, die ziemlich hell klang. »Ich habe euch gefunden, und ich habe euch dort gefunden, wo euch die meisten nicht entdeckt hätten. Ihr könnt vor mir nicht fliehen.«

»Vielleicht wollten wir das nicht«, sagte ich.

»Wirklich?«

»Deine Taten müssen ein Ende haben.«

Sie lachte. Es klang silberhell. »Wie schön du das gesagt hast, John Sinclair. Ja, ich kenne deinen Namen und auch den deines Freundes. Aber für mich gibt es kein Ende. Es gab wohl einen Anfang. Für alles gab es einen Anfang, aber kein Ende.«

»Du willst ewig existieren?«

»Ich werde ewig existieren. Zumindest so lange, wie es Menschen gibt, denn sie sind meine Energie. Ich nehme sie mir, denn auch sie bestehen im Prinzip aus Sternenstaub. Sie alle sind bei uns in mir. Sie leben, aber sie leben auf ihre Weise. Sie konnten mir nicht widerstehen, denn ich besitze die Macht, der sich kein Mensch entgegenstellen kann. Das werdet ihr ebenfalls spüren.«

Ich wollte nicht klein beigeben und sagte deshalb: »Nein, Urania, ich nicht!«

»Tatsächlich?«

Sie hatte dieses eine Wort nur mit einem singenden Unterton in der Stimme gesprochen. Möglicherweise auch mit einem gewissen Spott unterlegt, wie jemand, der sich seiner Sache ausgesprochen sicher ist. Das konnte sie auch sein, denn ich stellte ihr keinen Widerstand entgegen. Es war der knappe Blick in ihre Augen, der für mich einiges änderte. Plötzlich war ich das Stück Eisen, und Urania war ein Magnet. Ich konnte mich nicht von ihr lösen. Diese Augen strahlten mich nicht nur hell an, sie strahlten auch in mich hinein, so daß ich den Eindruck hatte, von einem wirklichen Sternenlicht durchdrungen zu sein. In mir veränderte sich alles, obwohl ich äußerlich gleich blieb. Nur das Gefühl hatte sich verändert, und so spürte ich in mir eine gewaltige Sehnsucht, der ich nicht länger widerstehen konnte.

Ich mußte zu ihr. Ich mußte sie haben. Ich wollte es auch. Alles um mich herum war zweitrangig geworden, selbst Suko, der ebenfalls nichts tat, um mich zurückzuhalten. Warum das geschah, darüber dachte ich nicht erst nach. Mir ging nur durch den Kopf, daß sich die anderen Opfer ebenso gefühlt haben mußten wie ich.

Sie gingen über den Boden, aber sie hingen trotzdem am Bannstrahl der Alptraum-Frau.

Also ging ich weiter.

Langsam, aber zielstrebig. Ich hob einen Fuß nach dem anderen, setzte ihn wieder auf und spürte den mit Rasen bewachsenen Boden wie einen dicken Teppich.

Die Augen ließen mich nicht los. Sie waren wie Laternen. Sie waren die Lockung. Ich sah in ihnen das alte Licht und dachte daran, daß es seit Beginn der Weltwerdung existierte. Sternenlicht. Ein Stück unendlich weit zurückliegender Vergangenheit. Das, aus dem alles geworden und geboren war. Auch wir Menschen, die schließlich in den Kreislauf der Evolution hineinglitten.

Nur die Augen waren wichtig. So hell, so strahlend. Es kam mir nichts fremd vor, denn irgendwo steckte dieses Licht ja auch in mir, auch wenn es verändert und nur ein winziger Rest war.

Das Gesicht strahlte. Oder waren es nur die Augen? Ich konnte es nicht unterscheiden. Es gab nichts mehr, was mich noch ablenkte. Ich war zu ihrem Gefangenen geworden, und auch Suko würde mich nicht mehr zurückhalten können.

Mein Menschsein konnte ich zwar nicht verleugnen, doch jetzt interessierten mich andere Dinge. Ich wollte zu ihr. Ich wollte zu einem ihrer Diener werden. Hineingeraten in ihren Kreislauf, um auf eine andere Art und Weise weiterleben zu können.

Sie beherrschte alles. Selbst das Gebiet der Flammenden Steine. Hier regierte nur sie und damit auch die uralte Kraft, die durch ihren Körper floß.

Schwebte ich? Ging ich? Es war für mich nicht herauszufinden. So wie ich mußte sich jemand fühlen, der sich auf der berühmten Wolke Sieben bewegte.

Urania sprach nicht. Sie brauchte nichts zu sagen. Sie schaute mich nur an, und sie streckte mir jetzt die Hände entgegen, wie jemand, der mich empfangen wollte.

Das erinnerte mich an die Berichte von Menschen, die bereits für eine gewisse Zeit tot gewesen waren, den langen Tunnel durcheilt hatten, um dem Licht entgegenzuschweben, wo dann ihre Verwandten standen, um sie in Empfang zu nehmen.

Das war bei mir nicht der Fall. Hier gab es keinen Tunnel, wohl aber das kalte Licht, in dessen Bereich ich jetzt hineingeriet. Es umgab mich als Aura, als Mantel. Es hüllte mich von Kopf bis zu den Füßen ein, und es war für mich auch zu spüren, weil der Schauer auf meiner Haut einfach bestehen blieb.

Die Augen, das Licht, der Mund, das Lächeln. Ein Willkommensgruß, dem ich nichts entgegensetzen wollte und es auch nicht konnte. Es war einfach da, und es war mein neuer Herr.

Ich dachte nicht mehr an mein Kreuz, das normal warm vor meiner Brust lag und sich nicht auf seine Art und Weise meldete. Es war mir alles egal geworden, und so trieb ich weiter den mir entgegengestreckten Händen zu, die mich so sicher auffangen wollten.

Dann war ich da.

Bei den Händen.

Ich faßte zu.

Der erste Kontakt zwischen mir und der Alptraum-Frau ließ mich noch stärker schaudern. Etwas völlig Unbekanntes durchfloß mich. Ich konnte nicht begreifen, was es war. Möglicherweise eine starke Sehnsucht, die mich noch näher an Urania herantrug.

Seidenweich umschmeichelte ihre Stimme meine Ohren. »Auch du wirst bald zu mir gehören. Wie auch die anderen, die sich schon meiner Gunst erfreuen. Es ist das neue Leben, es ist die neue Existenz, die dich verzehren wird und nach der du dich verzehrst. Du wirst glücklich sein, denn du gehst zurück zu den Anfängen allen Seins. Zum Licht, zum Staub der Sterne, hinein und wieder zurück in das All, aus dem du gekommen bist. Ich bin die Energie, aber ich bin auch die Materie. Du wirst bald nur mehr die Energie sein, und du wirst dich glücklich fühlen, wie das von Menschen erfundene Paradies.

Es gab nichts, was ich dagegen sagen wollte oder auch nur konnte, da die alte, zeitlich kaum erfaßbare Kraft stärker war. Ich ergab mich in mein Schicksal.

Urania wollte nicht nur den einfachen Handkontakt, sie wollte mehr, viel mehr. Unter dem langen Kleid verbarg sich noch die menschliche Gestalt, die ich sehr bald zu spüren und zu fühlen bekam, als sie mich an sich zog.

Ja, sie war eine Frau. Ihre Brüste, ihre Rundungen, und meine Hände wanderten über ihren Rücken hinweg, als wollten sie jeden Zentimeter des Körpers genau auskosten.

Wir umarmten uns.

Ich spürte ihre Lippen über meine linke Wange streichen. Es waren kalte Lippen, aber nicht kalt wie Eis, dafür wie Licht, das ich diesmal sogar spürte.

Es war wunderbar. Ich war zum zweitenmal weggetreten, als ich diesen Frauenkörper umfing. Es gab alles, was sich ein Mann von einer Frau wünschen konnte. Deshalb ließ ich ihn auch nicht los und ließ meine Hände über ihn hinwegwandern. Immer und immer wieder. Sogar ihre Vorderseite kostete ich aus, spürte die Rundungen der Brüste und zugleich ihr Knie, das innen an meinem Oberschenkel hochstrich.

So hatte sie den suizidgefährdeten Menschen den Weg zurück ins Leben gewiesen oder den neuen Weg, den ich nun auch gehen sollte. Ich war dazu bereit. Ich überließ mich dem Fluß der Gefühle und merkte die Veränderung kaum.

Etwas passierte mit dem Körper unter dem Kleiderstoff.

Er war nicht mehr so nachgiebig. Da hatte sich die Haut verändert oder war kaum noch vorhanden.

Zwischen meine Finger geriet etwas Hartes!

Ein Knochen – Gebein ...

Urania spürte es, denn dicht an meinem Ohr hörte ich ihr leises Lachen und danach die ebenfalls leise gesprochenen Worte: »Gleich ... gleich ist es soweit. Dann bist du endgültig bei mir ...«

Suko wußte nicht, ob er sich darüber freuen oder ärgern sollte, daß sich Urania John und nicht ihn ausgesucht hatte. Zum Glück waren nicht beide betroffen, und so konnte sich Suko aussuchen, wie er handeln wollte, wenn es dann hart auf hart kam.

Auch er hatte den Blick dieser Augen mitbekommen und diesen Angriff gespürt. Ja, eine Attacke. Nur anders als er sie bisher erlebt hatte. Nicht von körperlichen Schmerzen begleitet. Dieser Angriff war tiefer gegangen. Er hatte sein Bewußtsein getroffen, das Denken zwar nicht ausgeschaltet, dafür das Handeln.

Suko hatte vorgehabt, seinem Freund John zu folgen, um ihm beistehen zu können. Ein Plan, der bis zu dem Augenblick präsent war, bevor ihn der Blick erwischte.

Von nun an war alles anders.

Es blieb bei dem Willen oder Wollen. Nur war Suko nicht mehr in der Lage, dies auch in die Tat umzusetzen. Zu brutal war der Angriff der Augen gewesen. Er kam mit sich selbst nicht mehr zurecht, denn er stand zwischen den Flammenden Steinen wie jemand, der auf den Boden genagelt worden war.

Es steckte keine Power mehr in ihm. Er bemühte sich, voranzukommen, nur gehorchten ihm die Glieder nicht mehr. Sein Gehirn sagte ja, die Wahrheit lautete nein.

Er kam nicht vom Fleck.

Dafür ging John weiter. Immer weiter. Er ließ sich durch nichts aufhalten. Suko dachte an seine Waffen, besonders an seinen Stab, durch den er die Zeit anhalten konnte.

Fünf Sekunden, die er brauchte. Er mußte den Stab nur kurz berühren und ein bestimmtes Wort sprechen.

Das gelang ihm nicht. Der Blick dieser mit Sternenlicht gefüllten Augen hatten ihn in den Bann geschlagen. Jetzt fühlte er sich wie jemand, der in die Magie des Stabs hineingeraten war, denn es war ihm nicht möglich, sich zu bewegen.

Starr wie Eis.

Das Gehirn wollte. Sein Wille war da, nur gelang es ihm nicht, ihn umzusetzen.

John ging inzwischen weiter. Auch er war in den Bann geschlagen worden wie Suko.

So blieb Suko nichts anderes übrig, als zuzuschauen, wie sein Freund John in sein Verderben schritt ...

Kara und Myxin hatten sich in ihre Hütte zurückgezogen und ihren Platz am Fenster eingenommen. Von dieser Stelle aus konnten sie die Flammenden Steine am besten sehen und natürlich all das, was zwischen ihnen passierte.

Zuerst waren Suko und John allein dort gewesen. Sie hatten nur abgewartet und auf ihre Verfolgerin gelauert. Urania hatte sie nicht enttäuscht. Sie war plötzlich wie aus dem Nichts erschienen. Eine lichterfüllte Spirale, die sich materialisierte, kaum daß sie den Boden nur gestreift hatte.

Aus dem Licht wurde ein Mensch!

Stumm schauten beide der Verwandlung zu. Sie wollen wissen, wie stark John Sinclair war, ob er es auch gegen eine Feindin wie Urania sie war, es schaffte.

Zunächst geschah nichts.

Dann mußten beide erleben, wie John Sinclair in den Bann dieser Alptraum-Frau geriet. Auch sie hatten für einen Moment in die lichterfüllten Augen der Gestalt geschaut, sich aber nicht in den Bann ziehen lassen.

Anders Suko.

Er stand auf der Stelle. Er bewegte sich nicht. Er war zum Zuschauen verdammt. Beide konnten nicht glauben, das dies normal war, während John immer weiterging und nur Urania als sein neues Ziel kannte, nichts anderes.

»Ich denke, daß Urania stärker ist als unsere beiden Freunde«, sagte Myxin leise. »Diesmal haben sie ihre Meisterin gefunden.«

»Ja, das befürchte ich auch.«

Myxin drehte den Kopf nach rechts und schaute Kara an. »Und du willst nichts tun?«

Die Schöne aus dem Totenreich seufzte schwer. »Ich weiß nicht, ob es erfolgreich ist.«

»Dann gehe ich eben hinaus!«

»Nein, warte, das ist meine Sache. Ich habe John vor Urania gewarnt. Ich muß es auch beenden.« Sie fügte nichts mehr hinzu, sondern bewegte sich schnell auf die Tür zu, die nur wenige Schritte entfernt lag.

Kara zog sie auf, trat hinaus und zog noch in der Bewegung das Schwert mit der goldenen Klinge. Die Klinge schimmerte auf, weil sie von einem Sonnenstrahl getroffen wurde. Kara brauchte sich nicht umzuschauen. Sie wußte, wohin sie gehen mußte. Leichtfüßig huschte sie dem Ziel entgegen, hin und wieder einen Blick auf das Zentrum werfend.

Dort hatte John Sinclair die Alptraum-Frau erreicht. Er war vor ihr stehengeblieben. Ein Mann, der sich voll und ganz im Bann dieser Person befand.

Kara lief in das Rechteck. Sie hielt den Schwertgriff mit beiden Händen fest. Sie kümmerte sich nicht mehr um das, was in ihrer Nähe geschah. Es steckte nur die Hoffnung in ihr, nicht zu spät gekommen zu sein. Sie gab zu, um einiges zu hoch gepokert zu haben, jetzt tat Eile not, falls es nicht schon zu spät war.

Sie stemmte die Spitze in den Boden. Ein kurzer Blick noch zu Sinclair und Urania.

Beide hielten sich in den Armen!

Die Verwandlung stand dicht bevor. Es konnte sich höchstens um Sekunden handeln, dann war es um John geschehen.

Volle Konzentration.

Das Schließen der Augen. Das Vertrauen auf die Klinge und auf die Macht der Steine, die tatsächlich unter Uranias Bann standen. Sie spürte die andere Kraft, die so mächtig war und gegen sie hämmerte. Urängste erwachten in ihr. Sie stöhnte auf, sie schwankte, und die Klinge des Schwerts hinterließ plötzlich ein Leuchten.

Zugleich ›meldeten‹ sich die Steine. Ihre graue

Farbe verschwand. Von den Enden her zog etwas anderes hinein. Ein roter, weicher Schimmer. Wie dünnes Blut, das höher und höher stieg. Zwei gegensätzliche Kräfte hatten sich innerhalb des Quadrats etabliert und kämpften gegeneinander. Kara hielt sich tapfer. Sie fightete auf ihre Weise. Sie befürchtete, daß die Steine dem Druck nicht standhalten konnten, und fühlte sich selbst wie von einem Feuer umhüllt.

Ihre Hände rutschten ab.

Kara fiel zu Boden. Sehr langsam sank sie auf die Knie, während das Schwert steckenblieb. Sie hatte auf ihre Kraft gehofft, doch die der Sterne war stärker gewesen und auch älter.

Trotzdem hatte sie etwas erreicht. Als die den Boden schließlich berührte und dabei in die Höhe schaute, da sah sie, daß der Bann doch gebrochen war.

Suko bewegte sich wieder!

Für den Inspektor war es selbst ein Wunder, daß seine Starre vorbei war. Er konnte es im ersten Moment nicht fassen, stand starr auf dem Fleck, aber in seinem Gehirn schaltete sich ein ›Relais‹ ein. Er wußte plötzlich, was er zu tun hatte, nahm auch die Umgebung wieder klar auf – und sah das im weichen Boden steckende Schwert in seiner Nähe, das für ihn eine Botschaft war.

Durch die lange Starre war Suko nicht steif geworden. Er konnte sich glatt und sicher bewegen wie immer. Er nahm diese Botschaft an. Daß Kara am Boden lag, darum kümmerte er sich nicht, er sah auch nicht das rote Glühen der Steine und machte sich auch keine Gedanken darüber, daß er der einzige war, der sich noch bewegen konnte. Für ihn war es wichtig, daß Steuer noch einmal herumzureißen. Mit der Waffe in der Hand lief er auf Urania und John Sinclair zu.

Er schaute auf Johns Rücken. Aber er sah das Gesicht der Alptraum-Frau an der Schulter seines Freunde. Bei jedem Schritt nahm er es deutlicher wahr und sah auch weshalb, wie es sich dabei veränderte. Die Haut wurde dünner, und das rasend schnell. Sie war nur noch ein feines durchsichtiges Stück, das noch die Knochen bedeckte.

Es ging nicht mehr um Sekunden, es ging jetzt für ihn einzig und allein um eine bestimmte Sekunde. Wenn er diesen Zeitpunkt verpaßte, war es aus.

Suko blieb nichts anderes übrig, als auf das volle Risiko zu setzen. Seine eigenen Waffen konnte er vergessen, für ihn zählte einzig und allein das Schwert.

Damit stieß er zu.

Im Laufen, zielsicher. Haargenau. Er hatte es sich zuvor ausgesucht, er sah das Gesicht, und dort hinein rammte er die Schwertspitze.

Suko achtete nicht einmal darauf, ob er Widerstand spürte oder nicht. Er wußte nur, daß er getroffen hatte, denn dieser eine Hieb zerstörte das allmählich zur Knochenfratze werdende Gesicht. Es flogen weder Hautstücke noch Knochensplitter umher, dieses Gesicht war einfach nur durch dem Rammstoß zerplatzt.

Kein Schrei, kein Aufheulen. Der Körper taumelte zurück und ließ dabei John los. Suko gab seinem Freund einen Stoß, der ihn auf den weichen Boden schleuderte. Er sprang an ihm vorbei, denn sein Ziel war Urania.

Er war bereit, ihr mit Karas Schwert den Rest zu geben. Wenn es sein mußte, dann würde er sie in Stücke schlagen. Darauf hatte er sich längst eingestellt.

Es war nicht mehr nötig. Der eine Stoß hatte ausgereicht. Und natürlich die Macht der Klinge, denn sie war etwas Besonderes. Das Schwert konnte und durfte nur von einem Gerechten geführt werden. Ein anderer hätte es erst gar nicht anheben können, aber Suko gehörte nicht dazu. Er verfolgte die noch immer zurücktaumelnde Urania mit wuchtigen Schritten. Sie konnte sich nicht mehr innerhalb des magischen Quadrats halten. Dieses Gebiet wollte sie nicht mehr und stieß sie ab wie einen Fremdkörper.

Sie hätte durch eine Lücke zwischen den Säulen verschwinden können, doch das Schicksal wollte es anders. So prallte sie mit dem Rücken gegen einen der Steine und hatte so direkten Kontakt zu den Kräften dieser Magie bekommen.

Der Stein hielt sie fest. Urania klebte mit dem Rücken daran. Sie schaffte es auch nicht, ihren Oberkörper nach vorn zu wuchten, um diesem Zustand zu entwischen. Sie wurden gehalten, und die andere Magie verstärkte ihren Einfluß.

Die mächtige Urania bestand aus Sternenlicht. Wie ein Mensch im Grab verweste und zu Staub wurde, so verwandelte sich dieser Körper zurück in seine ursprüngliche Form.

Er strahlte auf.

Er wurde dabei zerstört.

Suko griff nicht ein. Er war der Zuschauer. Die Alptraum-Frau klebte an der mit Magie gefüllten Säule. Sie war nicht in der Lage, sich zu befreien. Ihr Körper schwamm im Licht, das nicht mehr so hell und funkelnd war und nun eine rote Färbung erhalten hatte, weil die Kraft des Steines eben sehr mächtig war.

Das Licht verdichtete sich für einen Moment. Im Vergleich erinnerte es an ein Maul, das alles ausspie, was es nicht mehr bei sich behalten wollte.

Und es spie das aus, was es sich geholt hatte.

Die Opfer. Ob Filmore, Claudia Burns oder Ross Calderon. Sie waren plötzlich zu sehen. Als geisterhafte Abbilder zirkulierten sie sekundenlang im Herrschaftsbereich der anderen Magie. Sie waren nicht mehr in der Lage, ihren Zustand zu ändern. Keiner nahm noch eine normale Form aus Fleisch und Blut an. Alles veränderte sich, und die sich abzeichnenden entsetzten Gesichter wurden innerhalb eines Atemzuges zerstört. Da war plötzlich nichts mehr, kein Leuchten, kein Weghuschen, nur noch der rote Stein.

Auch von Urania war nichts zu sehen. Eine uralte Person aus Sternenstaub, die sich wieder darin endgültig aufgelöst hatte, aus dem sie erschaffen worden war.

Es gab sie bestimmt noch. Als Energie, als Licht, wie auch immer. Aber es würde sie nicht mehr als einen Menschen oder als eine Alptraum-Frau geben, das stand für Suko fest, der sich wahnsinnig erleichtert fühlte, weil er genau das Richtige getan hatte . . .

Ich saß also im Gras zwischen den Steinen wie auch Kara. Wir schauten uns an. Und beide kamen wir uns vor wie Verlierer, obwohl der Kampf dank Suko letztendlich gewonnen worden war, denn er war hier der Held.

Viel zu erklären gab es nicht. Wohl einiges, über das ich nachdenken würde. Auch dazu war mein menschlicher Verstand wohl nicht in der Lage, um alles in die Reihe zu bekommen. Dieser Fall hatte uns aufgezeigt, daß es nicht nur mit der Welt weiterging, sondern auch mit dem All, und daß die allertiefste Vergangenheit durchaus in der Lage war, in der Zukunft einzugreifen, die für uns Gegenwart bedeutete.

Suko kam auf uns zu. Er war plötzlich locker geworden. »Na, habt ihr euch ausgeruht?«

»Ja«, erwiderte ich und stand mühsam auf. »Wenn man so ein As hat wie du es bist, braucht man ja keine Angst zu haben.«

»Danke für die Blumen. Wenn ich daran denke, daß Urania und du, also ihr beide ...«

»Laß es lieber«, unterbrach ich ihn. »Man soll sich schließlich nur an das Positive erinnern – oder?«

»Wie recht du hast«, mischte sich Kara ein. Sie umarmte aber nicht mich, sondern Suko, was ich ihm in diesem Falle wirklich von Herzen gönnte ...

ENDE

**Sehr verehrte Leserin, sehr verehrter Leser!**

Falls Ihr Buchhändler die **JOHN SINCLAIR**-Taschenbücher nicht regelmäßig führt, bietet Ihnen die **ROMANTRUHE** in Frechen mit diesem Bestellschein die Möglichkeit, diese Taschenbuch-Serie zu abonnieren.

Hiermit bestelle ich bis auf **Widerruf** bei **ROMANTRUHE, HERMANN-SEGER-STRASSE 33-35, 50226 FRECHEN, Tel.-Nr.: 0 22 34/27 35 28, Fax: 0 22 34/27 36 27** die **JOHN SINCLAIR-TASCHENBUCH-SERIE** zum Preis von DM 83,20 für **12 Ausgaben.** Die Zusendung erfolgt jeweils zum Erscheinungstag. **Kündigung ist jederzeit möglich.** Auslandsabonnements (Österreich/Schweiz/Übersee) zzgl. DM 1,00 pro Ausgabe. Alle Preise inklusive Porto/Verpackung.

Zahlungsart: ◯-jährlich ◯-halbjährlich ◯-vierteljährlich
◯-monatlich (nur bei Bankeinzug)
Bezahlung per Bankeinzug bei allen Zahlungsarten möglich.

Bitte Geburtsdatum angeben: ___ /___ / 19 ___

Name der Bank: ______________________________

Konto-Nr.: ______________ Bankleitzahl: ___________

Name: ______________ Vorname: ______________

Straße/Nr.: ______________________________

PLZ/Wohnort: ______________________________

Unterschrift: ______________ Datum: ___________
(bei Minderjährigen des Erziehungsberechtigten)

Ich behalte mir den schriftlichen Widerruf dieser Bestellung innerhalb von 10 Tagen nach Absendung vor und bestätige dies mit meiner
2. Unterschrift: ______________ Datum: ___________

Zusammen mit der ersten Lieferung erhalten Sie von uns ein nützliches Willkommen-Präsent! Wenn Sie das Buch nicht zerschneiden möchten, können Sie die Bestellung natürlich auch gern auf eine Postkarte schreiben.

**Band 73 212**

**Jason Dark**

**Mr. Postman**

**Originalausgabe**

Die Frauen waren wohlhabend, lebten in einer guten Gegend und hatten alles, von dem andere nur träumen. Das Leben hatte seinen Preis. Ihre Männer waren oft unterwegs, und bei den Grünen Witwen entstand der große Frust.
Lover hatten deshalb ein leichtes Spiel. Die Damen holten sich, was sie brauchten. Nur rechneten sie nicht mit einem besonderen Moralisten.
Mr. Postman erschien. Er kam in der Nacht. Ein Skelett in der Uniform des Briefträgers. Er wollte strafen. Die Frauen, ihre Lover – einfach alle.
Und so wurde Mr. Postman zum blutigen Alptraum der Schönen und Reichen.
Aber leider auch für mich . . .

BASTEI LÜBBE